新潮文庫

ざらざら

川上弘美著

新潮社版

9002

目次

ざらざら

ラジオの夏

風の吹くまま旅をしよう、と和史《かずふみ》が言ったのだ。

なんなのよそれ、あんたは昔のフォーク歌手か、とあたしは言いそうになったが、我慢した。和史は、ときどき大仰《おおぎょう》で無意味なことを口にする。

風の吹くまま、奈良にでもいってみようか。和史は続けた。なんで奈良なわけ、と、今度は声に出してあたしは聞いた。なんとなく、と和史は言い、うつむきながら髪をかきあげた。やっぱり無意味な動作の多い奴《やつ》だ。どうしてこんな男とあたしは三年間も縁を切らずにやってきたんだろう。どう考えても、あたしの好きなタイプの男じゃないのに。それどころか、どちらかといえば不得意なタイプなのに。

和史は、でも、あたしの思惑など意に介さず、すぐさま本屋で奈良ガイドブックを買ってきて、猿沢の池のそばにあるという民宿を予約した。

「夏の奈良は、いいよ、きっと」そんなふうに言いながら、和史はいそいそと旅支度をする。旅支度といったって、ポロシャツとランニングとパンツ、それにポータブルラジオ（和史の亡《な》くなったお父さんのかたみ。国語辞典ほどの大きさで、いつも和史はカバンに入れて持ち歩いている。大きな乾電池が四本も入っているし、けっこう重いのに）と布の帽子を、くたびれたボストンバッグに放りこむだけなのだけれど。

夏の奈良、という言葉にちょっと嬉《うれ》しくなって、あたしも旅支度を始めた。和史と同じく、荷物は少ない。ポロシャツとブラジャーとパンツ、それに小さなリンスと日焼けどめクリームとかんたんな化粧道具一式。和史のボストンバッグに一緒に入れても、たいした場所はとらない。

なんのことはない、いつの間にか和史のペースにあたしものっかっているのである。なつのなら一、と歌いながら、あたしはボストンバッグの口を、ジャーと勢いよく閉めた。

鹿《しか》くさい。

和史は眉《まゆ》をしかめながら、言った。

おまけに、なんなんだ、この暑さは。

なんなんだったって、奈良に来ようと決めたのはあんたでしょ、とあたしは言おうとしたが、我慢した。奈良公園はたしかに鹿くさかった。午後早くに近鉄奈良駅に着いて、あたしたちはガイドブックに載っていた蕎麦《そば》屋をめざしたのだが、いくら歩いても店は見あたらなかった。電話もしてみたが、誰も出ない。三十分以上もさがしまわってから小さな路地に迷いこみ、路地の奥の奥にようやくめざす蕎麦屋がみつかったのはいいのだが、「今月いっぱい夏休みをとらせていただきます」という張り紙が、閉じたシャッターにでかでかと貼《は》ってあったのである。

暑さであたしはへとへとになっていた。陽子はいつも冷房のきいたオフィスでちょろちょろしか動かないで過ごしてるからな、と和史は言い、顎《あご》をそらしてみせた。俺はさ、背広着てネクタイしめて外回りも多いしな。このくらいの暑さは、なんてこと、ない。などと威張っていたのに、蕎麦屋のかわりに入ろうとした釜《かま》めし屋がものすごく混んでいて、かんかん照りの表に並びはじめてから十五分くらいたったところで、和史はとうとう音《ね》を上げはじめたのだ。

鹿って、鹿くさくてやだよ、まったく。帽子を目深《まぶか》にかぶりなおしながら、和史はがみがみと言った。

鹿なんだもん、鹿くさくてもしょうがないよ。あたしが答えると、和史はあたしを軽く睨《にら》んだ。ふふん、と言いながら和史はボストンバッグからポータブルラジオを取り出し、ぱちんとスイッチを入れた。奈良の局は東京の局と周波数が違うのか、雑音ばかりが聞こえてくる。和史はつまみをゆっくりと回した。

「現在太平洋高気圧が張り出しています。今日はこの夏いちばんの暑さとなる見こみです。夕方には雷雨の恐れがあります」

アナウンサーの声が突然明瞭《めいりょう》に響いた。低い、いい声のアナウンサーだ。一緒に並んでいる人たちが、風になびく草のように、いっせいにあたしたちの方へと顔を向ける。和史はふたたびぱちんと音をさせて、スイッチを切った。あたしはいたたまれなくて赤面した。

しばらくしてからようやく順番がきた。エアコンの強くきいた店内に入ると、汗が急に引いた。汗は引いたが、反対に外の暑さがどっとまとめてやってくる感じだ。

外にいて実際に暑かった時よりも、よほど暑さが身にしみた。五目釜めしに鰻《うなぎ》釜めしね、と和史は店のお姉さんに注文している。あたし、そうめんでいいよ、とつぶやいたが、和史は自信ありげに首を横に振った。

せっかく釜めし屋に来たのに、釜めし食わないってことはないでしょ。だいいち信義にもとる。

なんなのよ、信義って、何に対する信義よ。

大仏とかさ。鹿とかさ。

まったく、わけのわからない男だ。あたしはむっつりと黙りこんで、卓の横にたてかけてあった大きな団扇《うちわ》でぱたぱたと首すじのあたりをあおいだ。団扇には「古都」という字が墨でくろぐろと書かれている。

じきに釜めしが来た。和史は五目釜めしと鰻釜めし両方の釜のふたを開け、それぞれのしゃもじでていねいにそれぞれの茶碗《ちゃわん》によそった。おし黙っているあたしに、まず五目釜めしの茶碗を渡してくれる。あたしが無言のまま食べおえると、空になった茶碗に今度は鰻釜めしをよそってくれた。

「うまいでしょ」和史はあたしの顔をのぞきこみながら、言った。

「うまい、けどさ」あたしはしぶしぶ答えた。

「釜めしにして、よかったでしょ」

「よかった、けどさ」

和史は笑った。あたしもつられて少し笑った。まだちょっといまいましい気分だったけれど、釜めしは確かにおいしかった。釜の底のおこげを、あたしはしゃもじでがしがしとこそげ取った。


今夜は、大仏様のお顔のところの窓が開いてライトアップされますよ、と民宿のおじさんが教えてくれた。和史は夕飯も早々に、東大寺の参道へと急いだ。

「ライトアップだぜ」和史は嬉しそうに言いながら、ものすごい速さで歩いてゆく。あたしは息を切らせる。東大寺までは登り傾斜なのだ。和史はポータブルラジオを紐《ひも》で腰にぶらさげていた。へんなおじさんみたいだから、やめてよ、とあたしが頼んでも、耳を貸そうとしない。

「もっとゆっくりビールとか飲みたかった」あたしが口をとがらせると、和史はラジオのスイッチをぱちんと入れた。静かにスイッチを入れようとしても、古い型のものなので大きな音がしてしまうのだと、和史は言う。

みやげもの屋の並ぶ参道を、和史を追うようにして歩きながら、あたしは、鹿くさいな、と思っていた。でも思うだけで黙っていた。ほらみろ、と和史に言われるのが癪《しゃく》だったからだ。ラジオからは古いアメリカンポップスが流れてくる。

南大門の仁王の「あ」と「うん」の形の口を、あたしはじっと眺めた。二体の仁王の顔は、高い場所にありすぎてふだんは昼間でもよく見えないのに、今夜は明かりに照らされて、はっきりと表情が見てとれる。

「こわい顔だね」とあたしが言うと、和史はしばらく見上げてから、

「こわいけど、なんか、可愛《かわい》い」と答えた。

「陽子とちょっと似てる」

なによそれ。あたしは和史の背中を叩《たた》いた。ラジオが揺れて、音が一瞬たわんだ。

そのまままっすぐに顔を大仏殿の方に向けると、大仏の顔だけがくっきりと切り取られたように見えた。ほんとうに、顔のところだけ、窓が開いている。照らされて、あかあかと夜空に浮かぶように、大仏の顔がある。

「大仏、昼間見るよりも、なんだかいい男」あたしが言うと、和史は頷《うなず》いた。

「ここで、ゆっくり見よう」和史は言って、大仏の顔全体がほどよく見える場所に立った。それより大仏殿に寄りすぎると顔の上方しか見えないし、それより後ろに下がると口もとや喉《のど》ばかりが見える。和史とあたしは、いちばんいいその場所に立って、じっと大仏を見つめた。

しばらく眺めるうちに、あたしは少し悲しくなった。ライトアップされたものを見ると、あたしはいつでも悲しくなるのだ。和史をちらりと見ると、こちらも妙に真面目《まじめ》な顔をしている。腰のラジオからは、あいかわらずアメリカンポップスが聞こえていた。手をつないで、いつまでもあたしたちは大仏殿を眺めあげていた。

鹿くさいね、とあたしは言った。鹿くせえよ、ほんと。和史も言った。それから和史はラジオの音楽にあわせて、小さく口笛を吹いた。

翌日も暑くて、あたしはさんざん和史に文句を言いながら歩いた。三月堂と戒壇院と興福寺国宝館を和史は熱心に見てまわった。あたしはざっと眺め、あとは和史にまかせて、お堂や塔のまわりの陰になっているあたりをぶらぶらしていた。

午後も遅くなってからようやく、和史は帰ろうかと言いだした。風の吹くまま、ずっと奈良を旅するんじゃないの、とあたしが言うと、和史はしばらくうつむいて髪をかきあげていたが、やがて顔を上げ、「風が東京に向けて吹くのさ」と答えた。あんたは小林旭か、と怒鳴りたかったが、暑かったのでやめた。記念に、と言いながらあたしが鹿せんべいを買ったら、何頭もの鹿がものすごい勢いで寄ってきた。怖くなってせんべいを和史に渡すと、和史はせんべいを鹿に投げつけた。鹿は争うようにして地面に落ちたせんべいをむさぼり食った。和史はボストンバッグからラジオを取り出して、ぱちんとスイッチを入れた。ものすごく早口の英語の声が響きわたり、鹿たちは地面から首を上げた。黒目がちの眼であたしたちを一瞥《いちべつ》してから、鹿たちはふたたび首を下げてせんべいをむさぼり食った。和史はあたしの肩を抱いて近鉄奈良駅までの道を下りはじめた。暑いから離れてよ、と言いながら、あたしも和史の腰に、手をまわした。

びんちょうまぐろ

あ、から始め。あ、は、あおうみうし。し、は、しかくなまこ。こ、は、こういか。か、は、かくれえび。そこまでゆっくりと頭の中で言ってから、私はしばらく迷った。かくれえび、の、「び」から始まる海の動物の名を、どうしても思いつけなかった。び、び、と小さな声で繰り返していると、斜め前の席のゆきちゃんが「どうしたの」と聞いた。

なんでもないよ、と私は答える。お昼、そろそろ行く、と私は聞き返した。ゆきちゃんは頷《うなず》いて、パソコンのキーを今までの一倍半くらいの速さでたたきはじめた。三分ほどたたいて、ゆきちゃんはてのひらをキーボードの上から優雅に引いた。

ゆきちゃんは、三十四歳だ。私は一つ年下。ゆきちゃんは私のことを「あゆちゃん」と呼ぶ。君たちは小学生みたいな呼びあいかたをするんだね、といつか営業の黒田課長に言われたことがある。よその人がいるときには私たちだって「ゆきちゃん」「あゆちゃん」ではなく、ちゃんと「笠谷《かさや》さん」「佐久間さん」と呼びあう。

黒田課長とは、恋愛みたいなことをしているので、私とゆきちゃんの呼びあいかたを知られているのだ。これね、ゆきちゃんがね、くれたハンカチなの。好きでいつも使ってるから洗濯しすぎで少し薄くなってきちゃったけど、やっぱり今も一番よく持ってきちゃうんだ。いつかバーのカウンターで、黒田課長の眼鏡をハンカチでみがいてあげながら、そんなふうに私が説明したときに、「小学生の女の子たちみたい」と黒田課長は言って、笑ったのだ。

黒田課長のことは、二人でお酒を飲むときもベッドの中でも、「課長」と呼んでいる。最初は妙な顔をされたが、じきに「なんだか少しそれ、興奮するね」と喜ばれた。黒田課長は結婚しているので、「修さん」だの「おさむちゃん」だのと呼びならわすわけにはいかない。酔っぱらったときや油断したときに口をついて出てしまったら大変だからだ。

ねえ、このごろ面白いこと、あった。ゆきちゃんはハヤシライスを大きくスプーンですくいながら、聞く。えーとね、ものすごく小さなおばあさんのやってるクリーニング屋を駅の反対側で見つけたよ。私は答える。小さいって、猫とかチワワとかくらい？　それほどじゃない、中くらいの羊くらい。それって、けっこう大きいよ。

ゆきちゃんは三年前に中途採用されてこの会社にやってきた。前は音楽関係の出版社に勤めていたらしい。私は最初からこの会社で、入社の翌年に会社のPR誌をつくる今の部署に配属された。ゆきちゃんとはすぐに仲よくなった。一ヵ月に二回くらい一緒に飲みにいく。昼ごはんを食べているときには「小さいおばあさん」の話や「び、で始まる海の動物」の話なんかをするけれど、飲みに行くときにはお互いの恋愛の話をする。

ゆきちゃんにはたいがいいつも恋人がいる。今は髭《ひげ》のある男の人。その前はバンジョーを弾く人（本職は会社員）。その前はギターを弾く人（本職もギター弾き）。その前は中国の人。私は言葉のしりとりが好きだけれど、ゆきちゃんもしりとりみたいにして恋人をつくるよね、と私は笑いながら指摘する。中国の人の日本での大家さんがギター弾きで、ギター弾きのコンサートで隣り合ったのがバンジョー会社員で、バンジョーのいとこが髭の人なのである。それ、しりとりと違うよ。ゆきちゃんも笑いながら、反論する。

私はゆきちゃんと反対で、めったに恋人ができない。できたら、長くつきあう。黒田課長とは六年前からつきあっている。その前は大学時代から九年間つきあった男の子がいたが、最後は私がふった。九年間もつきあったら、淋《さび》しかったでしょ、別れた当座は。ゆきちゃんは聞いたけれど、そうでもなかった。淋しいより、眠い、だった。いくらでも眠れた。部屋に帰ってごはんを食べてお風呂《ふろ》に入ると、すぐさま寝入ってしまう。ときどきはお風呂にも入らないうちに我慢できなくなって眠る。早く帰れた日は一日十時間以上眠った。

あゆちゃんは真面目《まじめ》だから恋愛も体全部でしちゃったんでしょ、とゆきちゃんは考え深そうに言った。九年間の疲れがたまってたんだね。今は妻子持ち相手だから、めいっぱい頑張っても会える時間が少ないし、疲れなくていいよね。ゆきちゃんのなぐさめともはげましともつかない言葉に、私は頷いた。ほんとにね、なんで恋愛って勤勉じゃなくちゃだめなんだろうね。ため息をつきながらそう言う私に、ゆきちゃんは笑いながら、あたし勤勉じゃないからすぐに男の子を取り替えるんだね、ボロが出ないうちに、と答えた。

昼休みが終わると私たちはさっさと仕事を始める。ゆきちゃんも私もけっこう仕事ができる。自分で言うのもなんだけれど。編集長は男性だが、ゆきちゃんがデスクでその下に私とあと女の子が二人いる。女の子は二人とも二十代で、比較的おとなしい、というか、積極性のない、というか、言われたことだけはきちんとやる、タイプである。

営業部へ、私は頼まれていた資料を届けにいった。黒田課長はこの時間はいつも外回りをしている。会社の中で会うことはめったにない。というより、このごろ会社の外でもだんだん私たちは会わなくなっている。そろそろふりどきかな、と私は廊下を歩きながら思う。前のときもそうだったけれど、私は俠気《おとこぎ》があるので、自分がふられる形をとらない。私からふってあげるのだ。別れるときって、普通はどちらも同じくらい別れる気分になっているはずなのだ。だから、ふる、っていうのは悪いことみたいに言われるけれど、実際には別れを言いだす側は、存外お人好《ひとよ》しなのである。というのは、私の持論。ゆきちゃんはそうは言わない。「別れを切りだすときは、いつも自分が世界で一番ぬるぬるした大きなみみずになったような気分」なんだそうだ。へんなたとえ、と私が笑うと、ゆきちゃんはふくれた。あゆちゃんの好きそうな比喩《ひゆ》を考えてあげたんじゃない。

眠いな、と私は営業部のドアを開けながら思う。春だからだろうか。六年前に大学時代から続いていた恋人と別れたときの眠さとは、ちょっと違う眠さである。あのときの深い深い眠さではなく、もっと体の表面だけにはりついているような眠さ。

営業部には珍しく黒田課長がいた。私は軽く会釈《えしゃく》する。黒田課長も目礼を返してきた。課長は上着を脱いで椅子《いす》の背にかけていた。ワイシャツの袖《そで》のボタンをはずして、二つほど折り返している。暑がりなのだ。黒田課長の性器を思い出そうとしたが、どうしてもうまくゆかなかった。忘れたのではなく、望遠鏡を逆さからのぞくような感じで、黒田課長とのことがものすごく遠く非現実的にしか思えないのだ。会社にいるときはいつもそうだ。恋愛（みたいなもの）が始まった最初のころから、そうだった。

「課長、び、で始まる海の動物の名前、ご存知ありませんか」と私は聞いてみた。

黒田課長は笑った。知らないねえ。佐久間さん、ほんとにいつも不思議なこと言うんだから。課長の隣の席の男の子も笑った。広報部はなんだかいいすよね。のんびりしてて。

のんびりできたらいいんですけどね。もう残業続きで。私が言いながら首を傾《かし》げると、男の子はまた笑った。課長も笑った。会社員はよく笑う、と私はいつも思う。日本中の会社員が、今この瞬間、きっと何万人も同時に笑っているのだ。薄い感じで。でも親切そうに。「ではまた」と言って、私は営業部を後にした。

その夜は久しぶりにゆきちゃんと飲んだ。私、別れるかも、と言うと、それはよかったあゆちゃん、とゆきちゃんは言った。でも別れないかも、と続けると、それもまたよかったさ、とゆきちゃんは言った。ゆきちゃんは結婚しないの。そう聞くと、ゆきちゃんはしばらく考えていた。コップをゆすって氷をからからいわせながら、結婚は淋しそうだからなあ、と小さな声で答えた。

ねえねえ、それより、あたし、「び」で始まる海の動物、思いついちゃった。ゆきちゃんは残ったウイスキーをぐっと飲み干しながら、言った。なになに。私は勢いこんで訊《たず》ねる。びんちょうまぐろ。ゆきちゃんは得意そうに答えた。あっ、びんちょうまぐろか。忘れてた。私が首をそらしながら言うと、ゆきちゃんは笑った。ちょっと酷薄そうに。

びんちょうまぐろ。ろ、は、ろうにんあじ。じ、は、じゅずだまいそぎんちゃく。く、は、くろだかちょう。あれ、それって海の生物じゃなかったっけ。頭の中で続けながら、私は前後に体を揺する。酔っぱらってきちゃった、と言うと、ゆきちゃんは私の頬をぴたぴたと叩《たた》いた。あゆちゃん、もう一軒行こうか。ゆきちゃんが立ち上がる。行こう、行くぜー、と言いながら、私も立ち上がる。

ゆきちゃんがまた笑った。どうして笑っているのか、酔っぱらっているので、わからない。ゆきちゃんの酷薄そうな笑い声が好きだな。ぼんやりと私は思う。足を少しもつれさせながら、私とゆきちゃんは、春の夜の中へふらふらと出ていった。

ハッカ

そういえば、子供のころはいつも床屋さんで髪を切っていた。年子の兄と二人連れだって、家から歩いてすぐの、おばさんとおじさんでやっている床屋さんに、三ヵ月に一回通った。兄はおじさんの手で坊ちゃん刈りに、わたしはおばさんの手でおかっぱにしてもらった。首の後ろがすうすうしながら帰る道すがら、兄とわたしはニッキ味の飴《あめ》をなめた。おばさんが、料金を払うときに必ずくれるのである。

「手をお出しなさい」とおばさんは言う。兄はてのひらをいっぱいいっぱいに、わたしは少しすぼめるようにして、おばさんの前に差し出すと、その上にまっ黒い大きなニッキ飴を置いてくれた。全部なめ終える前に、わたしは飽きてしまって、途中からはいつも噛《か》んだ。歯の裏に飴がくっついて、いつまでもとれなかった。口を開けて、はー、と息を吐くと、ニッキの匂《にお》いがした。

久しぶりに、床屋さんに行こう、と思ったのだ。今日は土曜日で、曇り空だ。午前中ぎりぎりまでわたしは寝ていた。起きてすぐお湯をわかして、コーヒーをいれた。いれたけれど、パイレックスのガラスの器の中で熱く静まっているコーヒーを、ただわたしは眺めるばかりで、どうしても飲む気持ちになれなかった。

「おはよう」と、声に出して自分に言ってみる。かすれた声だった。案外セクシーな声だな、と思った。それから、ため息を一つ、ついた。テレビをつけると「おいしいランチの食べられる店」がうつっていた。ズッキーニと茄子《なす》とトマトのパスタ。パスタは平打ち。

原田くんがきしめん好きだったことを、わたしは思い出す。

原田くんとは去年別れた。三年間つきあった。きっちりと話をして別れたのではなく、次第に会う間隔が開いて、そのうちにぜんぜん会わなくなったのだ。

原田くんのくびすじを思い出そうとしてみる。すうすう風を受けていた、幼いわたしと兄のくびすじ。原田くんは散髪が好きだった。くびすじはいつも清潔だった。剃《そ》りたての原田くんのうなじをさわってみるのが、わたしは好きだった。ひんやりとしたうなじ。

そうだ、床屋さんに行って顔をあたってもらおう。土曜日だし。デートの約束もないし。曇り空だし。そのあと、うどんかお蕎麦《そば》を食べよう。文庫本を二冊くらい買おう。夕飯のために魚を一匹と野菜も少し買おう。

上着の袖《そで》に手を通しながら、わたしは鏡の中の自分の顔をちらりと見た。まっすぐな髪の、少し利《き》かん気そうな表情の女がうつっていた。「いってきます」と、鏡の中の自分に声を出してあいさつしてから、部屋を後にした。

床屋さんはすいていた。若いおにいさんが、剃刀《かみそり》を革砥《かわと》でしゅっしゅっとしごいてから、ていねいにわたしの顔に剃刀を当てた。蒸しタオルで温められた肌に、冷やかな剃刀がふれたとたんに、くしゃみが出そうになった。緊張してからだがこわばる。

床屋のおにいさんは、無表情でわたしのうぶ毛を剃ってゆく。三十分くらいかけて、おにいさんはわたしの顔のぜんたいをあたった。すっかり済むと、おにいさんは「お疲れさまです」と言った。肩をもみほぐされながら、目の前の大きな鏡を見ると、いやにつるりとした顔があった。

「どうも」と言うと、おにいさんはほほえんだ。おにいさんはニッキ飴をくれなかったので、床屋を出て歩きながら、わたしはハッカの結晶の入った小さな硝子瓶《ガラスびん》をバッグから出した。

そういえば、ハッカの結晶のことは、原田くんに教えてもらったのだ。ハッカ飴やハッカ錠ではなく、純粋なハッカの結晶。結晶は、長さが一センチくらいで、白い糸くずのようにみえる。小さな硝子瓶から、結晶をひとすじてのひらに振り出して口にふくむと、ものすごく辛くてすっとする。

原田くんが今ここにいればいいのに、とわたしは思う。喧嘩《けんか》をして別れたわけでもないし、執着がものすごくあったのに無理に別れたわけでもないから、気軽にそう思えるのだ。ハッカの結晶は、今日はあまり辛くなかった。日によって違う味に感じられるのだ。

本屋さんに行って、店の隅から隅までを時間をかけて見た。いつもならば二冊くらいと思っていても、気がつくといつの間にか十冊ほどの本を買いこんでいるのだが、今日は一冊もほしい本がない。しかたがないので、料理コーナーに行って、おむすびの本を立ち読みした。

おむすびの本、とわたしは呼んでいるが、ほんとうはイタリア料理の本だ。イタリア料理の本のくせに、肝腎《かんじん》のイタリア料理の写真は、あまりおいしそうではない。本の最後のほうにおまけのように載っている「イタリアの食材を使ったおむすび」という写真だけが、いやにおいしそうなのである。「バーニャカウダとおむすび」「アーティチョークむすび」「トマトとアンチョビで」いくつかのイタリアふうおむすびを、じっとわたしは眺める。それから本をぱたんと閉じ、平積み台に戻す。結局一冊も買わないまま、本屋さんを出る。

マーケットも、だめだった。さんまの顔がいやによそよそしいなあ、と最初に思ってしまうと、あとはもうどの魚もわたしのことを避けているようにしか見えなくなった。ざっと一回りしてから、すぐにわたしはあきらめた。

自動扉がジーという音をたてて開く。そのまま曇り空の下へと踏み出すと、秋の匂いがした。秋の匂いって、いったい何の匂いなんだろう、とわたしはぼんやり思う。乾いていて、わずかに香ばしくて、少し悲しい匂い。

「秋だねえ」とわたしは小さく声に出してみる。「恋人がいなくて悲しいんじゃないよねえ」今度は声には出さず、ただおなかの中だけで言ってみる。原田くんが恋しいんじゃないよねえ。でも原田くんて、あんがいいい奴《やつ》だったよねえ。ものすごく好きっていうわけじゃなかったけど。どんどんおなかの中で言ってみる。

見知らぬおじいさんの漕《こ》ぐ自転車が、わたしを追い抜かしてゆく。おじいさんは茶色いマフラーを首にまいていた。「秋なのだよねえ」ふたたび声に出して、わたしはつぶやく。

部屋に帰ると、もう夕暮れだった。やっぱり恋人がほしいなあ、とわたしは思う。原田くんはどうしてるかなあ、と思う。原田くんもわたしのことを思い出すのかなあ、と思う。でもきっとわたしは二度と原田くんに連絡しないんだろうなあ、と思う。

昼にいれたコーヒーを温めなおして飲んだら、ものすごくおいしかった。ほっとため息をついて頬にさわると、うぶ毛はきれいに剃りあげられていて、頬はつるつると、つめたかった。

菊ちゃんのおむすび

少し、わたしは菊ちゃんのことが好きだったのだ。五つほど、とししたの男の子である菊ちゃんは、菊名という駅の近くに住んでいた。だから、菊ちゃん。本名は、まったく「菊」とは関係がない。

菊ちゃんは静かに喋《しゃべ》った。荒い声をたてたところを見たことがない。といって、荒い声を決してたてない質《たち》なのでもない。あんがい気みじかである。いつか一緒に入った飲み屋で、注文をちっとも取りにこないのに業《ごう》を煮やして、すっと立ちあがり、何も言わずに出ていってしまったことがある。どうしたの菊ちゃん、と、あわてて呼びかけながら、後を追った。菊ちゃんは肩で息をするような感じで、店の外に立っていた。

菊ちゃんとはあのころ、一ヵ月に一回か二回、一緒にお酒を飲んだ。お酒を飲むばかりで、手を握るわけでも肩を組むわけでもない。男どうし、女どうしだって、もっとべたべたとくっつきあって飲んでいるというのに、菊ちゃんとわたしとは、つねに厳正な距離を保っていた。

いつもは夜に会うのだが、あるとき菊ちゃんのほうから、昼間に会おうと言ってきた。

「お日さまの出ている時間に、手なんかつないで歩いちゃったりしてもいいし」などと菊ちゃんは電話の向こうで言った。どうやら少し酔っぱらっていたらしい。一緒にいて酔っているときにはちっとも様子が崩れないのに、違う場所にいて一人で酔っているときには、わたしに対してへだてがなくなるのであるらしかった。

菊ちゃんと、公園に行った。公園前の駅の改札口で待ち合わせ、正門でお金をそれぞれ払い、順路にしたがって歩いた。アイスクリームを売っている売店のところで、菊ちゃんは立ち止まった。買う？　と聞く。寒いよ、まだ。わたしが答えると、菊ちゃんは残念そうな表情をうかべた。もしかしたらおごってくれるつもりだったのかもしれない。

ずっと歩いて、広い場所に出た。いちめん枯芝である。もう少しあたたかくなれば、きっとみずみずしい芝におおわれる場所なのだろう。菊ちゃんは腰をおろした。わたしも腰をおろそうとしたら、菊ちゃんは尻《しり》ポケットから何やらたたんだものを取り出す。小さな青いビニールふろしきだった。半分広げて、座れとうながす。座ったが、ゆるい坂になっているので、お尻が少しずつすべってしまう。しばらくふんばってみたが、やはりどうにもすべる。ちょっとね、と言いながらビニールふろしきをはずしたら、菊ちゃんは少し目をすがめた。

ぼんやりと二人で座っていた。菊ちゃんが「手なんかつないで」くれるかもしれないと、ときおりわくわくした心もちになったが、そんな兆候はぜんぜんないので、そのうちに何も考えなくなった。「これ」と言いながら菊ちゃんが上着のポケットから銀紙に包まれたものを取り出したのは、少し寒さを感じはじめたころだった。

「食おう」と菊ちゃんは言った。言いながら、銀紙を開く。大きなおむすびが二個、あらわれた。海苔《のり》は湿って、磯《いそ》の匂《にお》いをはなっている。ぎゅっと包んだのだろう、おむすびはくっつきあってゆがんでいた。菊ちゃんは片方のおむすびを取った。残ったほうを、こわごわとわたしも持った。まだ少しあたたかかった。しゃけが入っていた。それで終わりかと思っていたら、梅干しも入っていた。おかかも。菊ちゃんは口いっぱいにほおばって、じきに食べおえた。わたしはゆっくりと食べた。大きいので、いつまでたってもなくならない。菊ちゃんはわたしが食べているあいだ、ずっと雲を眺めていた。

それからしばらくして、ほんとうに寒くなってきたので、また歩いた。菊ちゃんがいつまでたっても手をつないでくれないので、わたしからさしのばしてみた。わたしの左手を、菊ちゃんの右手にくっつけてみる。最初はだらんとしていたが、やがてほんの少し力が入った。そのままどんどん力が入るのかと思ったらそうではなくて、ごく軽く、握る、というほどでもなく、添える、というくらいの感じで、いつまでも菊ちゃんはいた。菊ちゃん、と呼ぶと、菊ちゃんは、うん？ と言った。もう一度、菊ちゃん、と言うと、もう一度、うん、と答えた。

そのうちにわたしが手を離して、それっきりだった。菊ちゃんはときどき早足になった。わたしはもう菊ちゃんと同じ速さで歩くことはやめにして、ゆっくりと景色を見ながら歩いた。人と多くすれちがうようになったと思ったら、正門に戻っていた。

菊ちゃんとは、今も会うけれど、年に一度か二度くらいだ。あれ以来手をつないだことはない。あのとき、菊ちゃんの右手には、おむすびのごはんつぶがくっついていた。あ、ごはんつぶ、と言おうとしたが、なんだか恥ずかしくて、言えなかった。今も、菊ちゃんのことは、少し、好きみたいだ。

コーヒーメーカー

月曜日。

ごめん、杏子《あんこ》。今週は時間がとれそうにないんだ。そう、中林さんは、言った。うん、しょうがないよね。お仕事、忙しいんだね。そう、あたしは、答えた。受話器からは、つー、というかすかな音が聞こえてくる。どうやって電話を終えたんだか、覚えていなかった。今週は、土曜に会うことになっていた。もし日曜がどしゃぶりの雨だったら、日曜も。日曜はいつも中林さんはゴルフなのだ。接待のゴルフだよ。中林さんは、てきぱきと言う。接待なのか。口うつしのようにあたしは繰り返す。接待って、へんな言葉だ。あたしには、「接待」というもののなかみがわからない。背広を着た男たちが、グラスを手にしたり、頭を下げ合ったりする情景しか浮かんでこない。昔の、画面の粒子の粗い、不出来なテレビジョン画像を見ているみたいな感じだ。あたしは家にいて絵を描いている。お金になるイラストを少し。お金にならない油を少し。あとは、近所の子供相手のお絵描き教室を週に二回。ほんとうは週五回くらい教えたいのだが、生徒が集まらない。挿絵のほうもあまり注文はない。

火曜日。

中林さんに会えない日があと少なくとも五日以上続くのかと思うと、どたばた暴れたくなる。でも暴れない。あたしは大人だから。かわりに図鑑を見ることにする。「魚の目利《めき》き図鑑」。関西のチリメンジャコはイカナゴの稚魚《ちぎょ》で、関東のチリメンジャコはイワシの稚魚。ベルーガキャビアの次に上等なのは、オシエトラのキャビア。北寄貝《ほっきがい》は、北風が強く吹くと海岸に打ち寄せられることから、その名がついた。あためになる。中林さん、とあたしはつぶやく。あいたいです。

水曜日。

中林さんとは今週は会えないんだ。あたしは一人で部屋にいて、今週何回目になるだろうか、思う。今は夜だ。悲しくて、眉《まゆ》が自然に寄ってくるのがわかった。眉が寄ると、目に力が入った。そうすると、ちょっとだけ涙が出た。あれ、あたし、中林さんに会えなくて、泣いてる。そう思ったとたんに、もっと悲しくなった。中林さん、とあたしは声に出した。あいたいよ。あいたいよ。二回、言ってみる。それからもう一回。あいたいよ。

木曜日。

どうしてこんなに中林さんのことが好きなのか、あたしにはわからない。恋なんて、わからないものよ、アン子。修三ちゃんはそんなふうに言う。修三ちゃんは、絵描き仲間で、おかまだ。「わたしのことは、きちんとおかまって呼んで。曖昧《あいまい》な言いかた、しないでね」と修三ちゃんは言う。それは一種の照れかくしなんじゃないかと、あたしはひそかに思っているけれど、むろん修三ちゃんに面と向かってそんなことを聞いたりはしない。修三ちゃんには、いつも恋の相談に乗ってもらう。間違えてあたしがふたまたかけてしまった時も、どうしても片思いをあきらめきれなかった時も、修三ちゃんはものすごく簡潔な助言をしてくれた。ふたまたの時は、「どっちの片方を選んでもきっと後悔するから、両方やめたらぁ」。片思いの時は、「時間の無駄ぁ」。よその人に言われたらむっとしたかもしれないけれど、修三ちゃんから言われると、なんだか納得してしまう。ねえ、あいたくてあいたくて、居ても立ってもいられない時は、どうしたらいいの。あたしは修三ちゃんに電話してみた。「居ても立ってもいられない状態なんて、一時間ももたないから大丈夫」というのが、修三ちゃんの簡潔な答えだった。あたしはため息をつく。深刻ぶるのってへボいよ、アン子。だいたい、エリートサラリーマンたらいうもんとの恋愛なんて、アン子には似合わないんじゃないの？　修三ちゃんは電話の向こうで、威勢のいい声を出した。うん。へボい。あたし、へボいんだよ。あたしもつられてちょっと威勢のいい声を出す。でもまたすぐに、しょぼくれる。

金曜日。

中林さんの似顔絵を、あたしはスケッチブックに描くことにした。4Bや5Bの鉛筆ではなく、わざと3Hの固い鉛筆で。中林さんには、固くて細い線が似合う。描いている間は、とっても嬉《うれ》しかった。中林さん、と思いながら、どんどん描いた。一ページの中に、横を向いた中林さんや、うつむいた中林さんや、はんぶん裸の中林さんが何人もあらわれるたびに、あたしはにっこりと笑った。でもそのうちに、また悲しくなった。「せめて、喋《しゃべ》ってよ」と、あたしはスケッチの中林さんに向かって言った。中林さんは喋ってくれなかった。しかたないので、あたしはそれぞれの中林さんの口のところに吹き出しをつけた。「杏子ちゃん」とか「今日はいいお天気だね」とか「こんどまた会おうね」と吹き出しの中に文字を入れた。ばかみたい。あたしはいやになった。今夜は泣くぞ、とあたしは決心した。それで、ばかっぽく、だらだらと、泣いた。でも、あんまりばかみたいで、このままずっとばかが治らなくて中林さんにふられると困るので、途中で泣きやんだ。

土曜日。

ほんとうなら今日中林さんと会うはずだった、ということを考えないために、あたしは部屋の模様替えをすることにした。仕事机と箪笥《たんす》を移動し、カーテンをかけ替え、押し入れの中のいらないものをより分け、それでも時間が余ってしまったので、近所の古道具屋に行って、かねがね注目していた古い型の石油ストーブを買った。少しでも体が暇になると中林さんのことを思ってしまうので、あたしは料理もたくさんした。鯵《あじ》の南蛮漬けと、しいたけ昆布と、塩漬け豚をつくった。金時豆を琺瑯《ほうろう》の小さな鍋《なべ》にいれて、今日買ってきた石油ストーブの上にかけた。乾燥させたうすべにあおいの花をうかべて、お風呂《ふろ》に入った。もちろんその間、暇ができないよう、うすべにあおいの匂《にお》いをくんくんかいだり、頻繁に湯船を出入りしたりした。でもやっぱりだめだった。あいたい。あいたいよ。中林さん。ねえ中林さん。あたしはお風呂の中で呼びかけた。お風呂の中で呼びかけるといい声に聞こえるな、と思いながら、あたしはしばらくの間、中林さんの名を呼んでいた。

日曜日。

あたしは遂《つい》に我慢できなくて、中林さんの部屋に行くことにした。中林さんの部屋の鍵《かぎ》は、持っているのだ。いつでも来て待っていていいんだよ、と中林さんは言う。でもあたしは行けない。待つのがいやとかいうプライドなんてくだらないわよ、と修三ちゃんは言う。プライドではないのだ。ただあたしは、恋人だからって、大きな顔をしてそのひとの部屋に出入りしたりするのが、苦手なだけ。でももうだめ。中林さんにこんなに会わないと、あたしは北寄貝になっちゃう。強い北風が吹くと海岸に打ち寄せられてしまう、北寄貝。あたしは鍵を開けた。中林さんの部屋はしんとしていた。あたしは身をすくませる。やっぱり帰ろう。ものすごく心細くなったその瞬間、コーヒーメーカーが目にとまった。白くて少し旧式のそれは、流しの横に置いてあった。

コーヒーをいれよう、とあたしは思った。ともかく、一杯コーヒーを飲もう。それから中林さんのために一杯、帰ってきた中林さんと一緒にきっとあたしもまた飲むから、全部で三杯ぶん。あたしは粉をセットした。冷蔵庫の中にあったミネラルウォーターを注いだ。スイッチを押すと、かち、という音がした。中林さん、とあたしはつぶやいた。また心細くなった。

中林さん、あいたい、あいたいんです。あたしは言って、助けを求めるようにコーヒーメーカーに手をかざした。コーヒーメーカーは、こぽこぽと暖かな音をたてはじめた。

ざらざら

クリスマスって、なんか、もういいって感じだけどさ、正月はいいよ。これからは、正月だよな。

そんなふうにおだをあげながら、わたしと恒美《つねみ》とバンちゃんの三人で、お酒を飲んでいた。一月の、世間の人たちは仕事始め、というころだった。恒美は高校時代からの友だちで、バンちゃんはバイト先で知り合った男の子だ。みんな同じ二十七歳、お酒が好きで、少しもうヤバイ感じだった。ヤバイっていうのはつまり、人生の執行猶予《ゆうよ》がそろそろなくなってきてる、っていう感じ。賞罰の、賞も罰もなく、長い間、のへーっとやってきたけど、そろそろアレだし、っていうような。

「でも、秋菜《あきな》と恒美はいいじゃん、女だし」バンちゃんが言ったので、恒美とわたしはバンちゃんの頭をばしばし叩《たた》いた。いてえ、本気出すな。バンちゃんが叫ぶ。

「男のほうが楽じゃん」恒美が言う。

「なんで」

「女に面倒見てもらえばいいし」

　ねーっ、とわたしと恒美は声をそろえる。この年になるまで家賃を自分で払ったことがないというのが、バンちゃんのひそかな自慢である。いつもバンちゃんは女のところに住まわせてもらっている。若い女も年のいった女も、痩《や》せた女も太った女も、バンちゃんのことが大好きなのだ。

「でもなんかおれ、飽きてきた、そういうの」バンちゃんは言って、ピーチサワーを飲みほした。よくそんなきもち悪いもの、飲めるね。恒美がバンちゃんの持っている大きなジョッキをじろじろ見ながら言う。飲めるよ、おれ、甘い生きかたが似合う男だもん。バンちゃんの言葉に、恒美は眉《まゆ》をしかめる。くだらねー、バンちゃんてほんと、頭悪そう。

　でもさ、正月って、いいじゃん。年のはじめのためしとてー。バンちゃんが歌った。恒美も声をそろえる。年のはじめのためしとてー。

その部分ばかりを、何回も、二人は繰り返し歌っていた。

どうやってその夜家まで辿《たど》りついたか、覚えていない。三人でお酒を飲むときはいつもそうだ。だから、数日後に恒美から突然「今夜七時ごろ行くよ」と電話が来たときには、驚いた。なにそれ。わたしは大声で聞き返した。知らないよ、そんな予定。

秋菜んちでパーティーしようって決めたじゃん。恒美は答える。パーティー？わたしはびっくりする。なによ、その、パーティーって。

パーティーという言葉ほど、わたしたち三人に似合わない言葉はない。お招《よ》ばれメイク、とか、アートなリビング、とか、セレブの行きつけの店、とか、そういったよくわからない言葉から、最も遠い生活を送っているというところで、わたしたちは結びついているのだ。

「正月ケーキつくるって、秋菜、言ってたよ」恒美は言った。正月ケーキって、なによ。わたしはぽかんと口を開けたまま、聞く。正月くせえケーキのことじゃん。恒美は答えた。なにそれ、あったま悪そー、バンちゃんみたい。わたしが叫ぶと、恒美ははじけるように笑いだした。正月ケーキのこと言いだしたのって、秋菜だぜ。クリスマスはもうどうでもいいから、こうなったら、エビとかダイダイとかのっかってる、雪みたく白くてものすごい正月ケーキつくってやる、とかなんとかさ。

はあ？　とわたしは聞き返す。じゃ、七時にねー、と言って恒美はそそくさと電話を切ってしまった。

恒美はせんりょうの枝をかかえてきた。バンちゃんは、どこから調達したのか、玄関なんかに吊《つ》るすお飾りの、あの真っ赤で嘘《うそ》くさいえびを持ってきた。

「でもさあ、正月って、もうとっくに終わっちゃったんじゃないの」わたしが言うと、バンちゃんはもっともらしく首を振り、「気は心」と答えた。

しょうがないので、わたしたちは「お正月」をすることにした。三人のうち誰も帰省しなかったので、三人にとってこれが正真正銘今年はじめての「お正月」なのではあった。

「バンちゃんが、おとうさんになりなよ」恒美が言った。へ？　とバンちゃんが聞き返す。

「おとうさんが最初に『あけましておめでとうございます今年もどうぞよろしく』って言ってさ。それからみんなでお辞儀しあって、お年玉配るんだよ」子供のような表情で恒美が言うので、わたしとバンちゃんはぷっと吹き出した。

「おれんとこって、正月もパンとか食ってた」バンちゃんが言う。わたしんとこは、一日《ついたち》の朝お雑煮食べるだけで、あとはいつもと同じだった。わたしたちが口々に言うと、恒美は、えーっ、と言って悲しそうな顔になった。

正しい「お正月」を知っているのはどうやら恒美だけらしいので、わたしとバンちゃんは恒美の言葉に従ってへんな儀式みたいなこと（おとうさんの挨拶《あいさつ》のほかに、おとそのつもりの安焼酎《やすじょうちゅう》で三三九度みたいなのとか、人生ゲーム――恒美がせんりょうと一緒に持ってきた――とか、福笑い――恒美がその場でつくった――とか）をした。これって、古代の祭祀《さいし》みたいね、とバンちゃんが言ったので、恒美もわたしもびっくりした。どこでそんな頭よさそうな言葉、おぼえたの、バンちゃん。

十時を過ぎたころ、わたしたちはすっかり「お正月」に飽きた。バンちゃんはテレビを見ながら雪見だいふくを冷凍庫から勝手に出して食べているし、恒美はこたつにもぐってうとうとしているし、わたしはといえば、バンちゃんの背中にくっついて、バンちゃんを誘惑しようとしていた。

「誘惑って、なにさ」バンちゃんは笑いながら聞いた。さっきバンちゃんが頭よさそうな言葉使うから、わたしも使ってみた。そう答えると、バンちゃんはくるりとわたしに向き直って、ものすごいべたべたした濃厚なキスをしてきた。

「はい、このとおり、誘惑されました」バンちゃんは言って、雪見だいふくの残りを自分の口に運び、そのあとに少し残っただいふくの皮のはりついたひとさし指を、わたしの口につるっとすべりこませた。

いやん、とわたしは言った。秋菜ったら、エロい声出すんじゃねえよ。あしもとから恒美の声がする。見ると、恒美はこたつに寝そべったまま、半眼になっていた。ものすごく眠たそうだ。バンちゃんはじきに「誘惑されごっこ」をやめた。かわりにまた、冷蔵庫をあけてごそごそしはじめた。

その夜は三人で雑魚《ざこ》寝《ね》した。恒美とわたしが一つの布団《ふとん》に入り、バンちゃんはこたつの毛布をかぶって部屋の隅っこにころがった。

バンちゃんが寝息をたてはじめたころ、恒美が小さな声で、「お正月って、あたし、昔から嫌いだった」と言った。そーなの？　わたしはいいかげんに答える。恒美は真夜中になるとちょっと暗くなるタイプなのだ。

「バンちゃんと秋菜と友だちになれて、うれしい」恒美は言って、鼻を少しぐずぐずさせた。そーなの？　わたしはまた言う。それからわたしは目をつぶった。恒美はしばらくわたしの顔をじっと見ていたようだったが、やがて寝息をたてはじめた。

いつまでたっても、なぜだかわたしは眠れなかった。二人の寝息を聞きながら、わたしは天井からぶらさがっている電灯を眺めた。電灯はすっかり消えているはずなのに、かさの部分だけがうすぼんやりと光っている。正月かあ、とわたしはつぶやいた。腕を上にさしのばすと、バンちゃんが持ってきたお飾りのえびが手の先に触れた。そのまま握ってみたら、えびはつめたかった。

明日はバイトかあ。家賃、二ヵ月遅れてるんだよなあ。バンちゃんと一回くらいセックスしてみたいなあ。とりとめもなく思いながら、わたしはてのひらを握ったり開いたりした。電灯のかさはあいかわらず暗闇《くらやみ》の中で薄く浮き上がっている。てのひらの中のえびが、ざらざらしている。わたしはもう一度てのひらをぎゅっと握ってみた。いくら強く握ってみても、いつまでも、えびはつめたいままだった。

月世界

さんざん居留守をつかったり、嘘《うそ》をついたり、知らないふりをしたりしたあげく、ようやく別れられたのに、どうして今ごろになって引っ越すの。千寿《ちず》ちゃんは不思議そうな顔でそう聞いたけれど、わたしにだってわからないのだ。

ただ突然、引っ越したくなってしまったのだ。

それなら、別れようと思ったときに引っ越しとけば、もっと面倒がなかったのにねえ。千寿ちゃんは言って、笑った。

木戸さんと別れよう、と決めたのは、わたしのほうだった。ものすごく、ものすごく、好きだったのだけれど。

木戸さん。ずっと昔わたしの家庭教師だったひとで、歌がうまくて、優しくて、大きな体をしていて、奥さんと五歳の娘がいて、三年前からわたしのことを愛してくれたひと。

でも別れることに決めた。ほのかちゃんという名の娘のことを話す木戸さんの表情を、あるとき正面から見てしまった――そういう表情は決して見すえないように、細心の注意をはらってきたのに――から。

わたしと過ごすどんな瞬間よりも柔らかだったあのときの木戸さんの表情を思い出すたびに、わたしはからだじゅうのうぶ毛が逆立つような気持ちになる。逆立って、そのあと、からだぜんたいが、ひとまわりくらい縮んでしまったような感じ。

奥さんに、わたしは一度も嫉妬《しっと》したことはなかった。でもあれ以来、ほのかちゃんのことは、一瞬も忘れることができなくなってしまった。

ほのかちゃんが嫌い、とか、憎い、とか、いなくなればいい、とかいうのとは違う。嫌いになれたり憎めたりするなら、まだいいのだ。小さな生きものには、決して手は出せない。心の中だけでこっそり恨んだりすることさえ、できない。そんなことをしたら、もう人間じゃないっていう気がする。

それで、わたしはあきらめた。おしまい。この関係からは、わたしのほうから逃げだす。

千寿ちゃんは「子供は競争相手じゃないでしょ」なんて軽く言っていたけれど、競争相手じゃないから、困るのだ。

木戸さんは、別れを告げられたあと、何回もわたしを訪ねて来た。木戸さんが来そうな時間には灯を小さくして、絶対にピンポンにも答えなかったし、電話にだって出なかった。留守番電話のセットすら、しなかった。吹きこまれた木戸さんの声を聞いたら、我慢できなくなってしまいそうだったから。

木戸さんは三ヵ月の間努力して、それからあきらめた。最後のころになると、木戸さんはなぜだかいつもおみやげを持ってくるようになった。むろんわたしはピンポンに出なかったから、木戸さんから直接おみやげを手渡されたわけではない。木戸さんはしばらくドアの前で待ってから、ドアの把手《とって》におみやげをひっかけて、帰っていくのだった。

おみやげは、たいがい食べ物だった。「人にあげるものは、消えものがいいからね」そういえば、木戸さんはつねづね言っていた。お皿とか、人形とか、アクセサリーとか、そういう形に残るものじゃなくて、消えてしまうもの。

その言葉通り、木戸さんがわたしの部屋の把手にひっかけていった紙袋に入っていたのは、ある時はチューリップの花束だったし、ある時はひよこまんじゅうだったし、ある時は焼津の黒はんぺんだった。

「なによ、結局じゃあ木戸さんて、リングとかそういうものは、一つもくれなかったの」

千寿ちゃんは目を丸くしながら聞いた。

うん、でも木戸さんのそういうところが、わたし、好きだった。

わたしが答えると、千寿ちゃんは肩をすくめた。

美代子のそういうところがあたしも好きだよ、と千寿ちゃんは言い、肩をすくめたまま、浅く笑った。

引っ越しは、千寿ちゃんにいっぱい手伝ってもらって、無事にすんだ。新しい部屋は前の部屋よりも二平米広くて、お手洗いと浴室が別々になっている。そのかわり前の部屋よりも駅から三分多く歩く。

「美代子って、けっこういっぱい服持ってたんだね」千寿ちゃんは新しい部屋の床にぺたりと座りこみながら言った。今度の部屋はじゅうたんが敷きこみになっている。前の部屋でフローリングの上に置いていたラグは、押入れの小さな天袋にしまい、ざぶとんを三つ、新しく買った。

千寿ちゃんはざぶとんの上には座らず、かわりに胸にざぶとんを抱きかかえている。抱いたり抱かれたりするの、あたし、大好きなんだ。千寿ちゃんがつぶやいたので、わたしは笑った。

おなかすいちゃったね、と千寿ちゃんが言った。何か作ろうか。わたしが聞くと、千寿ちゃんは首を振った。疲れちゃったから、作らなくていい。

でもわたしはまだ疲れてないから、と言うと、千寿ちゃんはまた首を振り、疲れは伝染するからねえ、それも時間差で、と言った。

時間差なの？ わたしが聞くと、なんでも時間差なのよ、風邪とか失恋とか嫉妬とか、みんな悪いことは時間差で攻めてくるのよお。千寿ちゃんが真面目《まじめ》に答えるので、わたしはまた笑った。

それから、ちょっとの間、しんとした。

しばらくしてから気を取り直し、わたしはダンボールの中からインスタントスープを二つひっぱり出した。トマトスープとコーンポタージュスープ。千寿ちゃんがコーンポタージュを選んだので、わたしはトマトになった。

お湯をしゅんしゅん沸かしてマグカップで溶かして飲んだら、すごくおいしかった。思いついて、お茶受けならぬスープ受けに、らくがんを出した。「月世界」という富山の銘菓である。木戸さんが最後のほうでドアにさげていってくれたおみやげだ。

「げっせかい」千寿ちゃんはらくがんの箱に書いてある字を、声に出して読んだ。

「違うんだよ、つきせかい、って読むんだよ」

ふうん、と千寿ちゃんは言った。つきせかい、は、木戸さんが大好きなお菓子だった。まだしょっちゅう会っていたころ、富山に出張したときには必ず買ってきてくれて、わたしの部屋で一緒に食べた。

ねえ、さみしい？　と千寿ちゃんが聞いた。

さみしいよ。わたしは答えた。

ねえ、新しい男、すぐつくる？　千寿ちゃんがまた聞いた。

しばらくはつくらないよ。つくれないよ。

ねえ、しばらくって、どのくらい。

わかんない。この部屋に慣れるくらいまで。

なんだ、それじゃすぐじゃないの。千寿ちゃんは笑って、ポタージュスープを飲みほした。

そうでもないよ。わたしも一緒に笑って、トマトスープを飲みほした。

残った月世界をあらかた食べてしまってから、千寿ちゃんは帰っていった。新しい部屋をみまわすと、なんだかへんな気持ちになった。木戸さん、と言ってみたけれど、あんまり何も感じなかった。木戸さん、ともう一度言ってみたら、すごくさみしくなった。

まだ開いていなかったダンボールのテープをはがしながら、わたしは一片だけ残っていた最後の月世界を手に取った。舌の上で、月世界はかさりと溶けた。口の中に広がる淡い甘みを、わたしは長いあいだ、味わっていた。

トリスを飲んで

やっぱり日本人なら、トリスを飲んでハワイへ行こう、だよな。父はむっつりした顔のまま、言った。

すでに飛行機は着陸の態勢にはいっている。ポン、という電子音のあとの、「シートベルトをおしめください」という放送が流れると、父は性急に金具をたしかめた。そういえば、飛行中も父はシートベルトを決してはずそうとしなかった。一度お手洗いに立ったあとも、すぐにベルトの金具をはめていた。

私をはさんで父と反対側のシートには、母が座っている。こちらは父などよりよほど旅慣れた様子で、席につくなり持参のスリッパにはきかえ、首のうしろに当てる空気枕《くうきまくら》をふくらませ、飛行中はほとんど眠っていた。

「だからね、あたしいつもおとうさんも誘ってたのに」と、それまで倒していたシートを起こしながら、母がのんびりと言った。

母は、私が家を出て独り住まいを始めてからは、二年に一度は女友達たちと一緒に海外にでかけていた。スペインでしょ。オーストラリアでしょ。香港《ホンコン》でしょ。南フランスでしょ。フィンランドにオーロラも見に行ったわねえ。あのときは寒いし夜眠れないしで、ほんとに困っちゃったわよ。だってねえ、いつまでたっても日が暮れないんですもの。母は手鏡でくちべにを塗りなおしながら、言った。父は、聞いているんだか聞いていないんだか、まっすぐ前を向いて手を膝《ひざ》の上で組んでいる。

「だいじょうぶよ、おとうさん、飛行機は落ちないから」母が笑った。

「鈴子が一緒だから、おとうさん、はじめて一緒に来たのよ」ポーチに化粧品をしまいながら、母は言った。高度が下がって、耳の奥に膜がかかった感じになった。母の声がよく聞きとれない。父の方を見ると、目をつぶって、組んだ手に力を入れている。

飛行機、落ちませんように。私も心の中で、まじめに祈った。

せっかくの親子三人水入らずなんだから。そう言いながら、母はマウイ島のコンドミニアムの予約をてきぱきと手配した。自炊しましょうよ。なんなら、一ヵ月くらい滞在しちゃっても、いいじゃない。母はそうも言ったが、むろん私は仕事があるので、そんなに長くはいられないと断った。

なぜ三人で旅に出ることになったのだったか、そもそもこの旅行の目的が何なのか、最初から曖昧《あいまい》だった。「鈴子も三十だから」というのが、母のつけた一応の「理由」ではあったが、三十になったからといって、私には結婚の予定があるわけでもないし、今が仕事の暇な時期というわけでもない。おかあさん、また真田《さなだ》さんや緑川のおばちゃまたちと一緒に行ってくればいいじゃない、と私は勧めてみたのだが、母は、もう決めたことだから、と、かぶせるように言った。三人で行きましょうよ。ね。

こういう調子で母が決めつけてくるときには、決して父も私も逆らうことはできない。

ねえおとうさん、本当に行きたいの。父のパスポートを一緒に取りにいったときに私はこっそり聞いてみたのだが、父はただ「ああ」と答えるばかりだった。父らしい反応である。いつだって、父は母にくらべて、はなはだしく口数が少ない。まあいいか、たまには親孝行も。最後はそんなふうに思いながら、私は新宿の旅券課で、黙って父と並んで順番を待った。

はーれたそらー、そーよぐかぜー。みなーとでふーねのー、どーらのーねたーのし。

父が小さな声で歌っているので、思わず私は父の方を見た。ハワイ滞在も三日めとなった。父はあいかわらず無口で、楽しいんだか楽しくないんだか、ぜんぜんわからない。歌をうたうくらいだから楽しいのかしら。そう思って父の声に耳を澄ませたが、感情のこもらない調子なので、よくわからない。

母のほうはといえば、日中はショッピングモールへ買い物に行き、夕方になると私にレンタカーを運転させて食料の買い出しに行くのが日課となっていた。完全に二人は別行動である。

「ねえ、おとうさんも誘って、今日は泳ごうよ」一度私は提案したが、日に焼けるから海はいやあよ、という母の言葉で、すぐにその計画は、なしになった。

父の日課は、こんなふうだ。午前中は海辺を散歩する。昼はひやむぎを自分で茹《ゆ》でて食べる。ハワイで食べるひやむぎは最高なのって、緑川のおばちゃまが。そう言いながらひやむぎとめんつゆをトランクにつめたのは母だったのだが、まだこちらに来てから母自身は一度もひやむぎを食べていない。

午後、父は、初日に母に連れられて行ったショッピングモールで買ったというヘミングウェイの『老人と海』のペーパーバックを、辞書をひきながら、ていねいに読む。辞書なんか、持ってきたんだ。私が言ったら、だってここは英語を使う国なんだろう、と、珍しくふくみ笑いをしながら、父は答えた。

三人が揃《そろ》うのは、夕食のときだけだ。母と私で作った、ステーキやら名前のわからない大きな魚をグリルしたものやらを、父はもくもくと食べる。食卓で喋《しゃべ》るのは、もっぱら母だ。けれど食事の終わりごろになると、その母も黙りがちになるので、父がリモコンを手に取って、部屋に備えつけのテレビをつける。地元のニュースをやっているケーブルテレビに、必ず父はチャンネルをあわせる。

「うちって、夫婦の会話が、ほとんどないんだね」食事が終わって一緒にお皿を洗いながら、私は母に言ってみた。軽い気持ちで口にした言葉だったが、母は珍しく考えこむような表情になった。

やだ、気にしないでよ。私が言うと、母はさらに沈んだ顔をする。ま、まさか、夫婦仲が冷えきってたりして。冗談のつもりで私がつづけると、母はゆっくりと首をかしげ、私の顔をじっと見つめた。

「じつは、おかあさん、離婚を考えてるの」今にも母がそう言いそうな気がしてきて、私はいそいで洗剤をスポンジに絞り出した。お皿を洗う手に力をこめる。

「あのね」母がそう言ったのは、何十秒かたった後だった。

私は身構えた。ちらりと母を盗み見ると、母は目をぱっちりとみひらいていた。

「あたしとおとうさんは、ちゃんと愛しあってるのよ」一語一語を区切るようにして、母は言った。

そ、そうなんだ。気圧《けお》されて、私はへどもど答えた。そうなの。母はゆっくりと言い、それから、鈴子ちゃんも早く結婚しなくちゃね、とつづけたので、今度こそ藪蛇《やぶへび》にならないように、私は深く屈《かが》みこんでお皿洗いに身を入れた。

五日間、私たちはハワイに滞在した。オープンのチケットだったので、私が帰った後もゆっくりしてればいいじゃない、と言ってみたのだが、父は「いや」と答えるだけだった。母も「鈴子ちゃん、一人で帰るのは寂しいでしょ」と、これは父に同調しているんだかしていないんだかよくわからないことを、言った。

本島までグライダーのような小さな飛行機で渡り、そのままジャンボに乗りかえた。マウイと本島の間を往復する飛行機は、行きは各々《おのおの》体重を計ったり書類に何やら書きこんだりして手続きが煩雑《はんざつ》だったのだが、帰りはノーチェックだった。「なんだか、不平等条約みたいだな」と父はマウイ空港の小さな待合室で言った。珍しく冗談めいた父のその言葉に、母は大きな声で笑った。私はタイミングを逸して——それが冗談なんだとは実は思ってもみなかったのだ——ぼんやりと母の笑い声を聞いているばかりだった。

母の笑い顔を見て、父は一瞬ほほえんだ。ハワイに来て、父が笑ったのを見たのは、辞書のことを聞いたときと、その瞬間の、二回だけだった。

成田までの飛行機の中でも、父はずっとシートベルトを堅くしめっぱなしにしていた。母は機内で映写されていた『たそがれ清兵衛《せいべえ》』を熱心に見ていた。

成田からは、父と母は吉祥寺《きちじょうじ》行きのリムジン、私は成田エクスプレスに乗ることにした。お疲れさま、と別れぎわ、二人に言うと、母はすぐに「写真、現像できたら、持ってきてね」と答えた。父はしばらく黙っていたが、最後に低い声で、「トリスを飲んでハワイへ行こう、のころは、鈴子はまだ生まれてなかったんだな」と言った。

そうかな。きっとそうだね。トリスを飲んでハワイ云々《うんぬん》というフレーズが何のことなのか知らなかったので、曖昧にそう答えると、父はむっつりしたまま、少しだけ笑った。三回目の笑いだ、と私は思った。

ほらほら、バスが来ちゃうわよ、と言う母にひっぱられるようにして、そのまま父は私に背を向けた。なぜ父が今笑ったのか、私にはぜんぜんわからなかった。でもまあ、三回笑ったんだよね、おとうさん。そう思いながら、私も成田エクスプレスのホームの方へと歩きだした。館内放送が、無機質な声で、離陸と着陸の案内を繰り返していた。

ときどき、きらいで

えりちゃんが遊びにきた。

えりちゃんはわたしと同じ三十二歳、子供のころ住んでいたアパートの部屋が隣どうしで、ほとんど姉妹のようにして育った。

えりちゃんのお母さんとわたしの母は、同いどしだった。ミコちゃん、とわたしの母がいつもえりちゃんのお母さんのことを呼んでいたので、わたしも小さいころからそれにならって、ずいぶんとしうえの女の人なのに、「ミコちゃん」と呼んでいた。

ミコちゃんは「かわいい女」だ。わたしの母は、しょっちゅうミコちゃんにことを言っていた。そんなにいっぺんにコーラ飴《あめ》食べちゃだめよ、とか。男にあんまり甘い顔見せちゃだめよ、とか。もっと将来の展望を考えなきゃだめよ、とか。母のこごとはいちいち当を得ていた。ミコちゃんはずいぶん前に離婚していて、歴代の恋人が幾人もいて、いつまでも口の中でしゃぶっていられるような甘いものに目がない。歴代の恋人たちに、ミコちゃんはお金を貸しては踏み倒されたり、せっせと尽くしたあげくに二股《ふたまた》をかけられたりしてきた。甘いものを手放せないので、虫歯もやたらに多い。

ミコちゃんは今五十二歳だ。手足が長くて、ウエストはちゃんとくびれていて、おばさん服は絶対に着ない。株をやっていて、時々損するみたいだけれど、だいたいはちょぼちょぼ儲《もう》けているあたり、あんがいなやり手ともいえる。

ミコちゃんは女の人としては「華麗」なタイプだけれど、その娘のえりちゃんは、わたしと同じで、シック、というか、地味だ。

えりちゃんとわたしは、早くに結婚したミコちゃんや母と違って、今も独身だ。

「ときどきあたしねえ、ミコちゃんのことが、きらいになることがある」えりちゃんが言った。昔は「おかあさん」と呼んでいたけど、高校に入ったころから、えりちゃんもわたしたちにならって、自分の母親のことを「ミコちゃん」と呼ぶようになっていた。

うん、とわたしは頷《うなず》く。なにしろわたしもえりちゃんも「シック」なタイプだから、女全開、という感じのタイプには弱い。

えりちゃんは、少し前に失恋をした。ミコちゃんには絶対にないしょ、とえりちゃんは言う。あたし、今回は結婚まで行くかな、って思ってたの。えりちゃんは悲しそうな顔で告白した。あ、うん、とわたしは答えた。もしミコちゃんがえりちゃんの失恋を知ったとして、それに対するミコちゃんの反応はありありと想像することができる。

結婚を期待して男とつきあうから男に逃げられるのよ。でもいいじゃない、そんな男、こっちから願い下げだわ。失恋を忘れるには新しい恋が一番。早く次、行くことね。

人もすなる結婚というものをわれもしてみん、というわたしたちのおずおずとした気分など、ミコちゃんはぜんぜん理解しない。男が自分に飽きてしまうかもしれないと恐れる気持ちも、去った男にうじうじ執着する気持ちも、「次」なんかどうやって見つけたらいいのという意気地のなさも、ミコちゃんにはぜんぜん理解できないのだ。

「ミコちゃんて、今も恋人、いるの」わたしは聞いてみた。

「うん、公式には二人」えりちゃんは答えた。

「公式？」

一ヵ月に二回以上会う相手が、公式。それ以下のは、非公式、なんだって。えりちゃんは口をとがらせて言った。

わたしたちは顔を見あわせ、軽いため息をついた。それから、気を取りなおして、夕飯のしたくにかかった。えりちゃんもわたしも、料理上手なのだ。いっぽうのミコちゃんは、「華麗」タイプの定石どおり、手料理なんかはほとんどしない。

わたしたちはエプロンをつけた。えりちゃんのは、刺繍《ししゅう》のしてある白っぽいの。わたしのは、うすピンクのひらひらの。

しばらくわたしたちは料理に専念した。じゃがいもの皮をむき、薬味のにんにくをみじんにし、肉に下味をつける。水の音と、包丁がまな板を叩《たた》く音が部屋の中に満ちた。

「ねえ」えりちゃんが言った。

「なに」ズッキーニを輪切りにしながら、わたしは聞き返す。

「あれって、なんて言うんだっけ」

「あれ？」

えりちゃんは木じゃくしをちゃっちゃと洗いながら、ほら、あの、まっぱだかの上に直接エプロンするの、と答えた。

わたしはびっくりしてえりちゃんの顔を見た。

くみちゃん、あれ、したこと、ある？　えりちゃんはわたしの視線をよけるようにしながら、つづけて聞く。

ないよ、とわたしは反射的に言う。えりちゃんこそ、あるの？

「ない。でも、ミコちゃんは、一時、毎日、してた」

えーっ、とわたしは大きな声をあげた。

ほら、珍しくミコちゃんがサラリーマンとつきあってたころ。その人って、決まった時間に帰ってくる人だったんだ。で、その時刻になると、ミコちゃん、あのはだかエプロンして、もうしわけみたいな目玉焼きかなにかつくりながら、待ち構えてたのよ。それでねえ、くみちゃん。はだかエプロンて、ほんとは一回、してみたいと思ったこと、ない？　えりちゃんはひと息に言って、首をかしげた。

何と答えていいかわからないまま黙っていると、えりちゃんはちょっと困ったような表情のまま、ねえくみちゃん、と繰り返した。

で、しばらくのすったもんだのあげく、わたしたちは結局「はだかエプロン」を、してみたのである。

わたしのエプロンは胸を隠すタイプだったけれど、えりちゃんのはウエストから下しかなかった。でもえりちゃんはすっぱりと服を脱ぎすて、きりりと腰にエプロンを巻きつけた。わたしたちは向かいあって、お互いの「はだかエプロン」姿をじろじろ観察しあった。えりちゃんのおっぱいって、あんまり大きくないけど、ぴんと張ってるね。わたしが言うと、くみちゃんはおしりがいろっぽいよ、と、おかえしにえりちゃんも言ってくれた。

しばらくわたしたちは部屋の中をくるくるまわったり、三面鏡に自分たちの姿をうつしてみたり、むきだしの腕やふとももをさわりあったりしてみたが、そのうちに飽きて、料理に戻った。えりちゃんがじゅうじゅう焼けている豚ロースのかたまりをオーブンから出し、わたしがサラダをかきまぜおわるころには、わたしたちはすっかり「はだかエプロン」姿の自分たちに慣れてしまっていた。

「なんか、たいしたこと、なかったね」取り皿を並べながら、わたしは言った。

「火を使うときは、やめたほうがいいね、これ」えりちゃんも落ちつきはらって言った。

「ねえ、ミコちゃんて、はだかエプロン、似合ってた?」わたしは聞いてみた。

「うん、ものすごく」えりちゃんは答えた。

わたしたちはお互いのはだかエプロン姿をあらためて見あった。えりちゃんとわたしは、たぶん同じことをそのとき思いめぐらしていた。わたしたちには想像もつかない、バラエティーにとんだミコちゃんの恋愛、およびそれに伴う性生活のことを。

結局その日は寝るまで、はだかエプロンで過ごした。せっかくだからね、というえりちゃんの言葉が決め手になった。せっかく見つけた男だから。せっかく始まった恋愛だから。せっかくしてみたセックスだから。いつもわたしとえりちゃんがおちいる、ミコちゃんならば「ばかみたい」と一刀両断・切捨て御免にするだろう、「せっかく思考」。

わたしたちははだかエプロンのまま洗いものをして、はだかエプロンのまま布団《ふとん》をしいた。えりちゃんがデザートのアイスクリームを胸にこぼしてしまって、わたしが舌でなめとってあげたとき以外には、特別に盛り上がることもなく、その夜も終わった。

エプロンをはずしてパジャマに着がえたら、あたたかくて気持ちよかった。

「ねえ、くみちゃん」布団にもぐりこみながら、えりちゃんは呼びかけてきた。

「ミコちゃんのこと、ときどききらいになるの、やっぱりあたしやめられないや」

あ、うん、とわたしは答える。

それからえりちゃんは小声で、「でも、はだかエプロン、面白かったね」と続けた。

あ、うん、とわたしは同じような調子で答え、次のえりちゃんの言葉を待ったが、えりちゃんはもう何も言わなかった。

しばらくすると寝息が聞こえてきたので、わたしもぎゅっと目を閉じた。そのうちに眠気がやってきて、ぎゅっと閉じた目の力が抜けた。閉じたまぶたの裏を、えりちゃんのうわむきのおっぱいの残像が、何回かよぎってゆく。おやすみ、とわたしはつぶやき、からだをひたしている眠気に身をまかせた。

山羊《やぎ》のいる草原

　あたしは今、リハビリ中だ。

「リハビリって、アン子はまったく大げさねえ」って、修三ちゃんは言うけど、やっぱりこれはリハビリなんだと思う。

　あたしは中林さんにふられた。

　別れた、とか、疎遠《そえん》になった、とか、うまく行かなくなった、なんていう表現ではぜんぜん甘い感じ、徹頭徹尾「ふられた」のだ。

「もう二度と君とは会いたくない」ある日あたしは、中林さんからそう宣告された。

　あたしは愕然《がくぜん》とした。それから「なんで、なんで」と訊《たず》ねた。

「好きじゃなくなったから」中林さんはきっぱりと答えた。

「あたしのどこが好きじゃなくなったの」重ねて訊ねると、中林さんは瞬時のためらいもなく、

「恋は冷めるものなんだよ、杏子《あんこ》ちゃん」と答えた。

あたしはその場で卒倒した。卒倒って、実は昔からちょっとあこがれていたのだけれど(小説の中では、卒倒した人たちは気付け薬をかがされることになっていて、あたしはその「気付け薬」に心ひかれていたのだ)、中林さんはあわてて気付け薬をかがせてくれるどころか、ひどく迷惑そうな顔であたしが目を覚ますのを待っていただけだった。一分ほどですぐに意識が戻ったからよかったようなものの、もっと長く卒倒しつづけていたら、中林さんはたぶんあたしをほっぽって、さっさと行ってしまったにちがいない。

しばらくは、修三ちゃんに電話する気にもなれなかった。一日布団《ふとん》の中でぐったりして、食事もほとんどせず、生徒(あたしは子供相手のお絵描き教室を開いている)が来る火曜と木曜の午後だけむっくり起き上がって教室をこなし、それからまたぱったりと布団の上に倒れ伏すのだった。

「でももう回復期に入ったのよね」修三ちゃんが針を布から抜きながら言った。修三ちゃんは、このところアップリケに凝っているのだそうだ。

「アップリケって、学校に持ってく布バッグとかにしてあった、リンゴとかお日さまとかウサギとかの、フェルトの？」あたしがびっくりして聞くと、修三ちゃんは頷《うなず》いた。

　修三ちゃんのアップリケは、フェルトではなく、薄い布、それもアンティークの布を使ったものだ。淡彩の、デシンや繊細なウールで、なんでもないもの、たとえばガラスの空き瓶とか、シンプルなかたちのブーツとか、十八世紀の女の子が着ていたような感じの下着とかを、二本取りの刺繍糸《ししゅういと》でもって、ていねいに布に縫いつけてゆく。

「テーブルクロスかなにかにするの、それ」と聞いたら、修三ちゃんは首を横に振った。

「じゃ、何にするの」

　何にもしない。ただの布のままにしといて、気が向いたら見たり触ったりして楽しむの。修三ちゃんはゆったりと優しく答えた。

修三ちゃん、とあたしは思わず言った。なんだかわけもなくぐっときて、瞬間修三ちゃんに抱きつきたくなったけれど、そんなことをしたら後々までイヤミを言われ続けるにちがいないので、こらえた。

中林さんとは、別れを切りだされて以来一度も会っていない。電話もしていない。むろんかかってもこない。

「冷たい男ねえ、ほんとに」と修三ちゃんは言う。そんなことないよ、あたしがきっといけないんだよ。そう答えると、修三ちゃんは吐き捨てるように、

「あんたみたいな女が男を駄目にするのよね、自業《じごう》自得ってこと、結局」と言った。あたしはうなだれたけれど、もう回復期に入っているので、なまじ優しげな言葉をかけられるよりも、こういう言葉のほうが助かるのだ。修三ちゃんて、やっぱり人生の達人だ。

「隣でぼんやり見物されてるのもうっとうしいから、アン子はミシンかけてよ」修三ちゃんは言った。今日も修三ちゃんはアップリケをしているのだ。あたしは一生

懸命端《はし》ミシンをかけた。細い三つ折りにして、アイロンをかけて、それからおもむろにだーっと縫ってゆく。ミシンは、修三ちゃんがお母さんからゆずり受けたものだ。前は足踏み式だったのだけれど、場所ふさぎなので、お母さんが十五年ほど前にミシン屋さんに頼んで、折りたたみ式の電動ミシンに改造してもらったのだそうだ。

「ほんとは足踏み式のほうがかっこいいのに、昔の人って家電製品に対する信仰があるのよねえ」修三ちゃんは言って笑った。修三ちゃんはお母さんをとても大切にしている。お盆とお正月は必ず帰省するし、年に二回はお母さんを東京に呼んで、一緒にレストランに行ったりデパートで買い物をしたりする。

「アン子も親孝行しなきゃだめよ」修三ちゃんは言いながら、ていねいに糸を切った。山羊と農夫がいる草原の景色が、布の上に描きだされている。山羊のほうが農夫よりもずっと大きい。「へんなの」と言ったら、修三ちゃんはいばって、「遠近法よ、あんた絵描きのくせにそんなことも知らないの」と言った。草原の上には小さな雲が浮かんでいた。

「アン子、今日、暇？」という電話が修三ちゃんからかかってきたのは、リハビリを始めてから四ヵ月ほどたったころだった。

いつでも暇だよ、あたし。そう答えると、修三ちゃんは笑った。

言われたとおり、三千円のワインと臭いチーズ（修三ちゃんの好物）と臭くないチーズ（あたしが食べられるやつ）を買って、修三ちゃんの部屋へ向かった。冬にしてはぽかぽか暖かい日だった。部屋に入ったとたんにクラッカーの音がした。

「お誕生日おめでとう」修三ちゃんが言った。食卓の上に苺《いちご》ショートと鶏《とり》のから揚げとサンドイッチが並んでいた。アン子の好きなものばっかり作っておいたわよ。まったく嗜好《しこう》が子供なんだから。修三ちゃんはつけつけした言いかたで言ったけれど、顔は笑っていた。

あたしはびっくりした。今日が自分の誕生日だっていうことを、すっかり忘れていたのだ。

「ありがとう」あたしはようやくのことで言った。泣きそうだった。でも泣くと後々まで修三ちゃんにイヤミを言われるから、こらえた。

その夜は遅くまで騒いだ。臭いチーズを無理やり修三ちゃんが食べさせようとするので、あたしはきゃーきゃー言って逃げた。最後にひとかけだけ食べたら、あんがいおいしかった。「おいしいね」と言ったら、修三ちゃんは「ほらみなさい」と言った。あたしはえへへと笑った。そのあと修三ちゃんは、プレゼントだよ、と言いながら、草原の山羊と農夫がアップリケされた布を、押しつけるようにしてあたしに手渡した。

翌日目が覚めると、あたしはまだ修三ちゃんの部屋にいた。客用布団の枕《まくら》もとに、草原のアップリケの布がたたんで置いてある。修三ちゃんは会社に行ってしまったようだった。部屋の中にはあたしの気配しかない。

「スープがあるから温めて飲みなさい」というメモが食卓の上にあった。修三ちゃんて、いい奴《やつ》だ。しんから思いながら、あたしはガスに点火した。温まって次第に透き通りはじめた鍋《なべ》のスープの表面をぼんやりと見ながら、あたしは自分がもう中林さんをぜんぜん思っていないことに気づいた。

リハビリ、終わったんだ。

中林さん、と口に出して言ってみたが、何も感じなかった。じゃあ、あたし、中林さんのこと、もう好きじゃないんだ。そう思って、おなかの中がへんな感じになった。淋《さび》しい、とか、悲しい、とかいうのと、ちょっと違う感じ。そうだ。中林さんが、かわいそう、とあたしは思ったのだ。あんなに好かれていたのに。もう、ひとかけらも好かれていない。ひとかけらも嫌われていない。何の感情も、あたしにいだかれていないんだ。

「全然かわいそうなんかじゃないでしょ、向こうはほっとしてるだけだって」と修三ちゃんなら言うにちがいない。

けれどあたしは、なんだか中林さんがものすごくかわいそうだった。傲慢《ごうまん》な女ね、アン子って。修三ちゃんの声が耳もとに聞こえてくるようだ。でもやっぱり。

熱いスープを、あたしはカップについだ。中林さんのことを、念のためもう一度思い出してみたけれど、感情はそよとも動かなかった。アップリケの布を広げると、晴れた日の草原がひろがっていた。

あたしはスープをたっぷりとスプーンにすくって、そろそろと口にはこんだ。スープは熱くて、少しだけ泣けた。そのままあたしは我慢せずに、泣きつづけた。ふられてから初めて流す、自分のための涙だった。ようやく、泣くことができたのだった。ほんとにリハビリは終わったんだなあ。あたしは思った。草原の山羊が、涙でにじんでいた。農夫も雲も草も、みんな、にじんでいた。

オルゴール

予定していたよりも仕事は早く終わった。

関東北部の小さな町に住む担当の小説家を、私は訪ねて来たのだった。打ち合わせかたがたお酒でも、と最初は約束していた。ひねりの効《き》いたミステリーを書く人で、デビュー作を読んですぐさま連絡して以来、担当をさせてもらっている。またたく間に売れっ子になり、どちらかといえば寡作《かさく》ということも手伝って、その分野では次作の約束をとりつけることが難しい作家ベスト3に数えられている。ゆっくり飲んで、もしも電車がなくなってしまったら駅前のビジネスホテルにでも泊まるつもりで来たのだが、飼っている猫が急病になったという電話が今朝がたあった。

猫、私も昔実家にいるころ飼ってました。早く治るといいですね。次の小説には取材は必要ですか。来年はこう、ばんと、書き下ろし長篇、行きましょうよ。繰り上げた待ち合わせ時間にあわせて店に行き、小一時間ほどそんな話をしてから、そそくさと帰ってゆく小説家を、私は見送った。二時間以上も電車に揺られて来たにしては、あっけない打ち合わせだった。会社に帰ろうかどうしようか迷いながら駅まで歩いた。何もない町である。

「ほんとに、何もないんですよ、ここは」そういえば小説家はなんだか嬉《うれ》しそうに、さっき、言っていた。

「そんなことはないでしょう」私が言うと、小説家はきっぱりと首を横に振った。

「ないんですよ。ないのが、僕にとっては、いいことなんです」

なるほど、そうなんですね。私は相槌《あいづち》を打った。東京生まれ東京育ちの私にはよくわからない感覚だと思ったが、むろんそんなことは口にしなかった。

ＪＲの在来線の切符売場前には、何人かの男子学生がいた。なぜか全員白いシャツの下に黒っぽいＴシャツを着て、シャツの胸元を広めに開いている。東京では見ない感じの着こなしだ。このあたりのはやりなのかもしれない。しばらく見ているうちに、男の子たちが恰好《かっこう》よく見えてきた。

学生たちを見ながら、飼っている猫の話をしていたときの、いつくしみに満ちた小説家の表情を思い出した。なんだかうらやましかった。それほどいつくしまれる猫がうらやましいのか、それとも、それほどいつくしむ対象がいる小説家のことがうらやましいのか。

誰かを好きになりたいな。唐突に思った。

恋は、もうずいぶんしていなかった。たぶん、三年くらい。

駅前の案内所でホテルを探してもらった。

「駅前のホテルは、今日はどこもいっぱいですね」しばらくコンピューターのキーをかちゃかちゃと打った後に、案内所の女の子は早口で言った。え、と驚くと、女の子はすまなそうに口をすぼめた。今日は、サッカーの試合なんです。

そういえば、この町の名前を冠したJリーグのサッカーチームがあったな。私はぼんやりと思い出す。仕方ない、このまま東京に帰るか。いったんはそう考えたけれど、一度泊まると決めてしまった気持ちの、おさまりがつかなかった。柔軟性に欠ける人間なのだ。たぶんそれが原因で、恋も、なかなかできない。

「鉄道で少し行けば、旅館がありますよ」女の子が、立ち去りかねている私を気づかうように言った。女の子の発音には、ほんの少しだけ、この地方の訛《なま》りが混じっていた。

鉄道？　私が聞き返すと、女の子は駅舎を指さした。この駅発の臨海鉄道があるんです。次の発車は二十分後です。湖のはたに建っている旅館ですよ。

湖、という言葉にひかれて、私はその旅館に行くことにした。まだ日は高い。駅に戻って切符を買い、そのまま構内に入った。自動改札機はなくて、かわりに駅員さんが切符に印をつけてくれた。

ホームに上がると風が強かった。うつむいて英単語を覚えている学生の隣に座り、列車を待った。しばらくすると、二輛《りょう》編成の小さな列車が、しゅう、と音をたててホームに入ってきた。


旅館という名がついていたが、着いてみるとほとんど合宿所だった。玄関脇《わき》に「乾燥機こちら」という大きな矢印がかかげられ、お手洗いも洗面所も部屋から歩いて三十メートルは離れていた。

「六時から七時の間は、あちらの棟に泊まっている学生さんたちの貸し切りですので、お風呂《ふろ》には入れません」と、開口一番フロントで言われた。やはりどうにもこれでは合宿所である。

夕食はむろん部屋出しではなく、食堂でいっせいに食べるようになっていた。恋人どうしらしき若い二人連れが一組に、おじいさん一人おばあさん二人という、関係のわかりづらい三人連れ、それにサラリーマンらしき男性が二人。湖に面した大きな窓には紗《しゃ》のカーテンがかかっており、暮れかけてゆく景色をうすぼんやりと透かし見せていた。

鮎《あゆ》。白魚。ワカサギ。あさりご飯。夕食には湖で採れるものがふんだんに使ってあったが、味つけがいやに甘辛かった。オルゴールのような音色のインストゥルメンタルが、食事の間じゅうずっと、棚に置かれたラジカセから流れていた。「愛の讃歌《さんか》」の次が「白い恋人たち」で、その次は「ホテルカリフォルニア」。そのあと三曲ほどでテープが終わると、宿のおねえさんがテープを巻き戻し、ふたたび「愛の讃歌」が流れはじめた。

　食事のあと、廊下の突き当たりにあった自動販売機でビールを一本買い、外に出た。すっかり日は暮れている。湖がとろりと黒く目の前に広がっていた。湖沿いの道には、街灯が一本もない。しばらく歩くと自分の足元も見えないくらいの闇《やみ》に包まれた。

　岸辺を少し下って、草の上に座った。水鳥が水を掻《か》く音がときおり聞こえるが、どこに鳥がいるのかはわからなかった。ビールを開けて飲みながら、仕事のことをしばらく考えた。それから、三年前に別れた立郎《たつろう》のことを久しぶりに考えた。好きだったけれど、立郎とはうまくゆかなかった。七年もつきあったのに。私が結婚をしぶったのがいけなかったのか。いやいや、何かのせいで別れたんじゃない、結局縁がなかっただけだよね。立郎と別れてから何回も繰り返した自問自答を、これも久しぶりに、おこなった。

　水面で何かが跳ねた。大きな魚みたいだった。でも暗くて見えない。今日会ってきた小説家のことを考えた。私がほんとうは猫なんかにぜんぜん興味がないんだっていうことを、きっとあの人はわかっていたんだろうな。でもしょうがないよね。

また魚が跳ねた。食堂に流れていた、こころぼそいようなオルゴールが奏《かな》でる「ホテルカリフォルニア」が、名残のように耳の奥に響いてきた。短調の曲なはずなのに、オルゴールの音で聞くと、ふわふわしたほの明るい曲に聞こえた。耳に残るオルゴールにあわせるような気持ちで、曲を口ずさんでみた。声が水の上に薄く拡散してゆく。耳の中に響く曲はほの明るい調子なのに、自分の声の響きは、元の曲通りの、ものがなしい調子だった。

妙な気分になって、ビールをぐっと飲みほした。水鳥の羽音が聞こえた。こういう時に泣いちゃいけない。そう思ってくちびるを強くかんだ。でも涙が勝手にぱたぱたと頬に落ちてきた。

あのへんなオルゴールが、いけないよ。それに、ほんとに、なんにもない町なんだもの。わざと声に出して言ってみたら、声は闇の中に吸いこまれた。

すぐに涙は止まった。つぶしたビールの缶を握りしめながら、宿に帰った。

夜の間《あいだ》に強い雨が降ったらしく、窓の外には大きな水たまりがいくつもできていた。朝食の間も、夕食の時と同じオルゴールの音楽が流れていた。朝の光の中で聞くと、音色はばかみたいにあっけらかんとしていた。

食堂にはゆうべよりずっとたくさんの人がいて、もりもりと食事をしている。サッカーチームのTシャツを着ている人が何人もいた。試合が終わってから夜遅く車でここまで来たのだろう。

フロントで領収書を頼み、タクシーを呼んでもらった。この旅館に再び来ることはきっとないだろうなあと思いながら、てきぱきと精算をする女将《おかみ》を眺めた。視線を感じたのだろうか、女将は顔をあげてほほえんだ。

いい天気だべ。女将は言った。いいお天気ですね。おずおずと答えると、女将はまたほほえみ、それからすっと表情をひっこめて精算に戻った。

タクシーは、水たまりの水をぱしゃぱしゃ飛ばしながら駅まで走った。すぐに二輛編成の列車が来た。たくさんの学生に混じって、終点で降りた。学生たちが大きな声で喋《しゃべ》りながら、改札をぞろぞろと抜けてゆく。やっぱり、恋をしたいな。うっすらと、あいまいな感じで思いながら、学生たちと一緒にいったん改札を出た。

何もない町なんです。それが、いいんです。小説家の声を思い出した。東京までの在来線の切符を買い、上空を眺めた。鰯雲《いわしぐも》が、高いところにかかっている。切符を駅員さんにさしだし、印をいれてもらってから、一歩一歩たしかめるように階段をのぼっていった。

同行二人《どうぎょうににん》

雪と風がひどくて、飛行機が欠航になった。

半日空港で待ったけれど埒《らち》があかないので、ホテルに電話した。空き部屋はなかった。きのうまではあんなにすいていたのに。

どうしようか、と言いながらあたしは英児《えいじ》の顔を見た。どうしようか。英児はあたしの言葉を、そっくりそのまま繰り返した。

空港のまわりは原っぱみたいに開けている。車で五分くらい行ったところに、中くらいのホテルが一軒、あとは民家がまばらに数軒あるばかりだ。今朝まであたしたちはそのホテルに泊まっていた。「国際ホテル」という名の、しょぼいビジネスホテルだ。

英児とは、四国で知り合った。「同行二人」と墨で書いてある編笠《あみがさ》を腰にぶらさげていたので、「お遍路さん？」と聞いたら、「違う」と答えた。編笠、何日か前に道で拾ったんだ。これ持ってると、水とか食い物とか、ときどきめぐんでもらえるし。そう答えた英児と、なんとなく一緒に歩きはじめたのは、半月ほど前のことだったか。

今年はじめに、夫が死んだ。一億円の生命保険金が入ってきたのを機に、あたしは会社を辞めた。もともと夫はお金持ちだった。一軒家も車も上等な服も靴もぴかぴかのシステムキッチンも、あたしたちは持っていた。ローンは全部すんでいたし、割のいい入院保険にもばっちり入っていた。いつ何が来ても万全のかまえだったはずなのに、ある日夫は暴走してきた乗用車にひかれて、あっさり死んでしまった。

あたしは仕事のできる女だったので、結婚してからもばりばり働いていたけれど、夫が死んだら、急激にやる気が失《う》せてしまった。そのまま会社を辞め、小さな荷物を持ち、全国放浪の旅に出たのだった。

英児はどうして放浪してるの。連れだって歩きはじめてから数日後にあたしが聞くと、英児は目を丸くした。

「放浪?」くすくす笑いながら、英児は聞き返した。おおげさなおばちゃんだなあ。

「おばちゃん?」あたしがとがめるように言うと、英児はまたくすくす笑い、

「だっておばちゃんでしょ」と答えた。

聞けば英児はまだ十九、あたしはそりゃあ三十三だから、英児から見ればたしかに「おばちゃん」なのかもしれないけれど、ちょっと腹がたった。会社関係や夫関係の男たちから、あたしはいつも「二十代前半にしか見えないですよ」と言われつづけてきた。

「それって、おせじ、とかいうやつじゃないの」英児はかんたんに言った。

お世辞、か。あたしはぽかんとした。そういう発想は今まで、なかった。だってあたしは、仕事ができるうえに、センスもよくて、おまけにもともと美人系の顔だちをしているんだし。

「しあわせもんだね、おばちゃんは」英児は大笑いした。頭にきてその日は英児の夕飯代を出してやらなかった。翌朝になってあたしの泊まっていたホテルの前でお

ちあうと（夜はあたしは英児とは別のところに泊まっていた。だって英児が行くようなぼろっちい素泊まりの宿みたいなところ、あたしはまっぴらごめんだったから）、英児はお腹《なか》をぐうぐう鳴らしていた。

腹へったよー、由香子《ゆかこ》さん。英児があたしの名前をちゃんと呼んだので、あたしは英児を許してやり、近くの古びた喫茶店で、ピラフとミートソースをおごってやった。

英児が大学生で、考古学を勉強しているということを知ったのは、それからさらに数日後のことだった。

「英児って、文字とか、読めたんだ」あたしがびっくりして聞くと、英児は「は？」と大きな声を出した。だって英児って、いかにもばかそうなんだもん。あたしが言うと、英児はため息をついた。おれのほうこそ、由香子さんはちょっと足りないおばちゃんなのかと思ってたって。

でもそれじゃ、大学、行かなくていいの。そう聞くと、今、春休みだから、と英児は答えた。休みを利用して、英児は西日本の古墳を見てまわっているのだそうだ。

「おれのこと、ゴマのハイみたいなもんだって、由香子さん、思ってたんだろ」

「ゴマのハイって、なに？」

「旅の途中で親しげな顔して近づいてきて、金とかかっぱらう、けちくさい泥棒のこと」

さすが考古学、古い言葉知ってるんだね、とあたしが言うと、英児は照れたような顔になって、ベンチから立ち上がった。瀬戸内海を渡る船に乗るために、その時あたしたちは船着場で待っていたのだ。

そろそろおれ、金ないから。呉《くれ》あたりで二泊くらいした後、電車で帰るよ。英児が言ったのは、出船のどらが鳴りはじめたのと同時だった。

そお。あたしは答えた。なんとなく一緒になっただけのことで、一週間同行していた間も、手ひとつ握ったわけでもなかったから、べつに別れがたいなんてことはないはずなのに、なんだか裏切られたような気分だった。そおなの。あたしがつんけんした口調でもう一度言うと、英児は首をかしげてあたしの顔をのぞきこんだ。

あたしはそっぽを向いた。

じゃ、と手を振る英児と、いったんは別れたけれど、自分でも知らないうちに、あたしは追いすがっていた。

「行かないで」あたしは言って、英児の手をひっぱった。

「何言ってんのよ、おばちゃん」英児は笑った。

あたしが泣きだしても、英児は最初冗談だと思っていたみたいだ。そのうちにほんとうにあたしが泣いていることに気づき、英児はあせった。どうしちゃったのよ、なにかおれ、悪いことした?

どうして泣いているんだか、あたし自身にもわからなかった。プライドが高いはずのあたしが、こんな片田舎のよくわからない場所で、身元もよくわからない男の子のために。

一緒に来てくれないなら、泣きやまない。あたしがしゃくりあげながら言うと、英児はしんそこ困惑した顔になった。おれ、金ないもん。

お金はあるから、出すから、もうしばらくでいいから一緒にいて。あたしは必死に頼んだ。

英児はしぶしぶ同行を承知した。来週からバイトが入ってるんだから、あと五日だけね。それから、金はおれ、ほんとにないからね。

英児のその言葉に、あたしは小躍りした。そのまま電車に乗り、次の駅で降りて、案内所で町いちばんのホテルの部屋を取ってもらった。町いちばんといっても、ちんまりした四階建のホテルだった。その夜、はじめて英児と一緒の部屋に泊まった。夜遅くにセックスをした。夕飯を食べてからすぐに「しようよ」とさそったのだが、英児がためらったのである。愛なんかなくてもいいから。あたしが説得して、ようやく英児をその気にさせたのだった。

英児とするセックスは、とてもよかった。夫とのセックスでもかつての恋人とのセックスでも感じたことのない、心からの解放感。あたしは体じゅうで、セックスを楽しんだ。

五日はすぐにたった。

呉の隣町のホテルに二泊、そこから電車で日本海にまわって、国際ホテルに三泊した。夕飯を食べに出るほかは、あたしたちはセックスをしまくった。

「由香子さんて、コウショクだね」英児が言うので、あたしは笑った。ほらまた考古学みたいな言葉。

国際ホテルの最後の夜に、雪は降りはじめた。夜が更《ふ》けるにしたがって雪はひどくなっていった。日本海側は寒いね、やっぱり。英児があたしを抱き寄せながら、言った。あたしのほうが英児よりも体温が高い。おばちゃんなのに、冷え性じゃないんだね、あったかくていいきもち。英児が言うので、あたしは英児の頭をはたいた。

チェックアウトして空港に行き、そのままきれいに別れるつもりが、欠航になってしまったのである。

あたしは飛行機に乗る英児を見送った後、一人で九州に行くつもりだったのだ。英児は途方に暮れた表情であたしを見ている。

「どうしようか」英児がまた言った。

「このまま、ずっと一緒に放浪する？」あたしは聞いてみた。

空港の大きな窓から、滑走路が見える。何機かの飛行機が雪をかぶっている。うずくまっている動物みたいだ。人影はない。数時間前まで欠航のお知らせのアナウンスがひっきりなしに放送されていた空港も、今はしんとしている。

「ずっと、一緒に行ってもいいの？」英児は心細そうな声で言った。

そのままあたしたちは黙りこんだ。

お財布から五万円を出して、あたしは英児に渡した。これで、当座はどうにかなるでしょう。あたしはもう行くから。そう言うと、英児は悲しそうにあたしの顔を見た。背を向けて離れようとしたら、うしろから英児があたしの腕をつかんだ。何日か前、あたしが呉の近くの町でしたのと同じように。

「ほんとに行っちゃうの」英児は泣きそうな顔で言った。

「そんなにあたしの体がよかったわけ？」あたしはわざと軽々しく聞いた。

英児はこくんとうなずいた。体もいいけど、おれ、由香子さんのなかみも、けっこう、好きになっちゃったみたいだ。

ほんと？　あたしは英児の顔をのぞきこみながら、聞いた。

英児の顔がゆがんでいる。やっぱり今にも泣きだしそうな顔だ。

雪が、しんしんと、あたしたちを降りこめてゆく。これは現実じゃないんだろうな、雪が見せた一炊の夢なんだろうな。思いながら、あたしは英児の顔をさらに深くのぞきこんだ。

英児の瞳《ひとみ》にあたしがうつっている。あたしの瞳にも、英児がきっとうつっていることだろう。あわせ鏡のように、あたしたちはお互いを瞳にうつしあったまま、ゆきどころなく見つめあっている。

雪ばかりが、音もなく、降りつもってゆく。

パステル

晴彦《はるひこ》さん、とあたしはいつも呼んでいた。母方の、末の叔父のことである。習字教室を営むかたわら、晴彦さんは売れない小説を書いていた。晴彦の小説って、暗いのよねえ、なんだか。いつも母は言っていたが、あたしはちゃんと読んだことはなかった。あるとき歯医者に行ったら、置いてある雑誌に晴彦さんの小説が載っていて驚いた。売れてるじゃない。晴彦さんに言うと、笑いながら首を横に振った。湘南《しょうなん》の海岸近くで、まぐろに出会うくらい、低い確率なんだけどな、雑誌に載った僕の小説を見つけることなんて。すごいよ、鳩子《はとこ》ちゃんの強運って。

ふうん、とあたしは答え、歯医者の明るい待合室でぱらぱら読んだ晴彦さんの小説のことを思い返した。母の言うようには、暗く、なかった。暗いというよりも、へん、という感じだった。湘南の海岸近くを、弾丸のようなスピードで泳いでいるまぐろ。自分のいるべきインド洋や太平洋沖の群れから遠くはぐれて。まさにそんな感じだった。

面白かったよ、晴彦さんの小説。そう言うと、晴彦さんは頭をぼりぼりかいた。いや、まあね。口の中でつぶやきながら、晴彦さんはものすごくぼりぼり、かきつづけた。

晴彦さんは生涯独身だった。いつも背後に女のひとの気配はあったけれど、家には女は入れないと決めているようだった。母と喧嘩《けんか》をしたとき、あたしはいつも晴彦さんのところに泊めてもらった。いや、まあね。言いながら、晴彦さんは困ったような顔で、それでもあたしを迎え入れてくれた。

晴彦さんは、洗濯が好きだった。バスタオルにシーツ、カーテンにテーブルクロス。雑草だらけの小さな庭にそれらがはためいているのを見ると、なんだかほっとした。

あるとき、物干しの紐《ひも》いっぱいに、くつ下が洗濯ばさみでとめられていたことがあった。水色。うすむらさき。ミントグリーン。あんず色。パウダーピンク。ドロップのように色とりどりのくつ下が、一足ずつ、きれいな等間隔で、干されていた。

「晴彦さんが、はくの？　あのくつ下」そう聞くと、晴彦さんは頷《うなず》いた。

「いつもああいう色の、はいてるの？」そう聞くと、晴彦さんは今度は首を横に振った。

晴彦さんがドロップの粒みたいな色のくつ下をはいているところなんて、あたしは見たことがなかった。はだし。でなければ、白の木綿のくつ下を、いつも晴彦さんははいていた。たまに親類筋の結婚式なんかで会うときには、むろん黒（たぶん。だって結婚式のとき男のひとが何をはいているかなんて、ふつうは注意していないもの。だけど、うすむらさきやピンクのくつ下をはいていなかったことだけは、たしか）の紳士ものを。

結局そのときは話がうやむやになって、晴彦さんがいつ、それらパステルカラーのくつ下をはくのかを聞くことはできなかった。

それから一年ほどは母と諍《いさか》いをすることがなかったので、晴彦さんのところに泊まりに行くこともなかった。けれど一年が過ぎたころ、あたしは「鳩子の大爆発」と後に晴彦さんが呼んだ、生涯で最大規模の喧嘩を母とすることになる。

大学生だったあたしは、小さなスーツケースに身の回りの品と教科書を詰めこんで、家を飛び出した。恋人のところへ行きたかったけれど、ころがりこむまでの関係には、まだなっていなかった。それで、晴彦さんのところに行った。

晴彦さんはあたしの提げている茶のスーツケースを見て、いつもよりほんの少しだけ強く、眉《まゆ》をひそめた。あたしはどきんとした。晴彦さんが、男のひとに見えた。女たちが自分の内部に踏みこんでくるのを、こうやって拒否してきたんだろうなと思った。でもあたしは何くわぬ顔をしていた。ひそめられた眉なんかにぜんぜん気づいていないふりをした。

一ヵ月間、あたしは晴彦さんの家にいた。

習字教室は午後から始まる。終わるのは、だいたい夜の九時。週に五日、みっちりと教室の予定は組まれていた。晴彦さんはあたしが想像していたのよりも、ずっと人気のある先生だった。

「小説は、いつ、書くの」あたしが聞くと、晴彦さんはしばらく考えていたが、やがて、「よくおぼえていない」と答えた。あたしが笑うと、晴彦さんも笑った。でもやっぱり、よくおぼえてないよ。晴彦さんは笑いながら、つぶやいた。

晴彦さんが実際に小説を書いているのを目撃したのは、一ヵ月の滞在も終わり近くなったころだった。習字教室用の座卓に、コクヨの原稿用紙を広げて、鉛筆で書いていた。ふつうに座って、静かに書いていた。もっと儀式めいた感じを想像していたので、少しばかり拍子抜けした。晴彦さんは格別考えこむ様子も見せず、さらさらと書きつづけた。

しばらく物陰からうかがっていたが、同じ座卓に新聞を広げて読んでいるときや、万年筆を動かして葉書を書いているときと、晴彦さんがぜんぜん違わないので、つまらなくなった。お風呂《ふろ》にでも入ろうかと思って背を向けかけたところで、初めて気づいた。

晴彦さんは、いつか庭に干されていた、ドロップみたいな色のくつ下を、はいていた。

レモンイエローの、少女が着るワンピースみたいな色の、きれいなくつ下。

息をのんで、あたしは晴彦さんの足先を見つめた。晴彦さんは集中しているのか、あたしが見ていることにはまったく気づいていないようだった。

原稿用紙がめくられ、文字が書きつがれてゆく。三枚目をめくったところで、晴彦さんは鉛筆を離し、のびをした。今にもあたしの方を向いて、「そこにいるの、わかってるよ」と言うのではないかと思ったが、そんなことはなかった。

そのまま晴彦さんは膝《ひざ》を立てた。生徒が来ない時間の晴彦さんは、いつもパジャマを着ている。このときも、厚手のベージュのパジャマに、深緑のセーターを重ねていた。

立てた膝に頬を押し当てるようにしながら、晴彦さんはレモンイエローのくつ下を脱いだ。二枚をきちんと重ねて、折りたたむ。それから、すぐうしろにある箪笥《たんす》のひきだしから次のくつ下をとりだす。ゆっくりと、はだしの足に、はく。はいてから、足首のあたりのゆるみをなおし、かかとの部分がきちんとかかとに来るよう、ゆがみを整える。

いや、まあね。そうつぶやいてから、晴彦さんはふたたび鉛筆を手にとり、文字を書き始めた。さっきと同じ、早すぎもせず遅すぎもしないペース。晴彦さんの足に新しくはかれたくつ下は、ピンクパールの色だった。わずかに赤みのさした、つやのある、繊細な薄ピンク。

あたしは、くいいるように、晴彦さんの足先を見つめた。鉛筆の音だけが、しゃりしゃりと響いていた。

晴彦さんは、数年前に心筋梗塞《こうそく》で亡《な》くなった。まだ六十代だった。最後まで晴彦さんは変わらなかった。売れない小説をぽつりぽつりと発表し、たまに単行本になると、母のところに送ってきた。あたしはほとんど読まなかった。晴彦さんのところへはその後もときどき泊まりに行ったが、就職してからはそれもほとんどなくなった。どうして晴彦さんは小説を書くときに、あの淡くて繊細な色のくつ下をはいたのか。どうして手をやすめるたびに、いちいちくつ下をはき替えたのか。どうして女を家に入れなかったのか。だいいち晴彦さんって、ほんとはどういう人だったのか。

晴彦さんが亡くなってしまった今、ときおりあたしはそういうことを考える。でもむろん答えは出ない。いや、まあね、とつぶやく晴彦さんの声が耳によみがえってくるばかりだ。

パステルのくつ下は、晴彦さんにとても似合っていた。晴彦さんの小説は、もう少しだけあたしが年とったら、読んでみようと思っている。

春の絵

女をすきになるなんて、思ってもみなかった。

女っていうのは、しょうしんしょうめい、女のことだ。女子じゃなくて、女。女は、おれんちから二つおいた家に住んでいる。先月、ひっこしてきた。母親と父親とおばあちゃんと女と弟の、五人家族だ。

女は高校生で、名前はちなみっていう。茶色っぽいかみのけが肩くらいまであって、いつも小さなバッグを持って歩いている。パンダのもようのやつだ。へんなバッグ。だって、パンダはなんだか黒い部分がふつうより少なくて、おまけにしっぽがいやに長い。かわいくねーの、とおれが言ったら、女は、このパンダ、アンダーソンって名前なの、なんて関係ないことを答えた。おれはくやしかった。女が落ちつきはらってるので。クラスの女子なら、おれが何かをけなしたりしたら、どうようするのに。自分で言うのもなんだけど、おれはけっこう、もてるんだ。

パンダのもようは、女が自分でしゅうしたらしい。お休みの日になると、女はそのパンダバッグをさげて、さんぽにいく。じゅくに行くとき、おれはよくさんぽのとちゅうの女に会う。

「すすむくん、どこいくの」なんて女はきく。じゅくだよ、といつも言うのに、女は毎回あきずに同じことをきく。おれの人生になんて、女はきっとぜんぜんきょうみを持ってないにちがいない。

女は、高校生にしては背が低い。小学四年生のおれとほとんどいっしょくらいだ。

「ちなみは、こいびととか、いるの」おれはきいてみた。

「すすむくんは」女は答えずに、ききかえした。

いねえよそんなの。おれが言うと、女はおれの顔をじっと見た。

「すすむくん、まつげが長いね」

うるせえよ。どきどきしながら、おれは言った。

「ねえ、いっしょにさんぽしない？」女はおれをのぞきこむようにしながら、言った。

だから、じゅくだし。そう答えようとしたけれど、なんかこどもっぽいような気がして、やめた。行くか。かわりにおれは、言った。女はすたすた歩きはじめた。

「さんぽって、楽しいのか」おれはきいた。

「べつに」女は答えた。

しばらく並んで歩いた。女からは何のにおいもしてこなかった。クラスの女子たちは、アメやガムのにおいをいつもさせてるのに。

「ねえ、四年生の男の子って、なに考えてるの」女はきいた。

べつに。女のまねをして、おれは答えた。

女は丘のほうへ向かった。丘へは、そういえばずっと行ってない。二年生ころまではよく遊んだのに。

「あそこ、ながめがいいんだよ」女はとくいそうに言った。

知ってる。

「あ、そうか、すすむくんのほうが、くわしいよね」

女のかみのけが風でふわふわしている。ときどき女の顔にかかる。そのたびに女はじゃまそうにふりはらう。

「かみ、長いな」おれが言うと、女は、こんど切ろうと思って、と言った。

「切るなよ」おれが言うと、女はびっくりしたような顔になった。

「なんで」

「なんでも」言いながら、自分の顔が赤くなるのがわかった。女はパンダバッグを大きく前うしろにふりながら、かけだした。空が広いよ。うたうように言って、女は丘のてっぺんをめざした。おれもあわてて、女を追った。

女は色えんぴつとスケッチブックをとりだした。まわりをきょろきょろ見回し、それからすぐに何かかきはじめた。

黄色と水色とはだ色の色えんぴつを、女は使った。

「なにかいてんの」

「春」

はる？　おれはききかえした。

そうだよ。このへんの春、いい春だって、すすむくんも、思わない？　女はにこにこしながら、言った。おれはうつむいた。なんて答えていいかわからなかった。へんなきもちだった。女のことが、すきなだけじゃない、もっとなんかこう、おなかのへんがかゆいような感じ。女のことが、そうだ、おれ、女のことが、かわいいと思ったんだ。大きな女なのに。いや、背は大きくないけど。もうすぐおばさんになっちゃうような、おれとはちがうところにいる女なのに。

「すすむくんも、絵、かく？」女はきいた。

おれは答えずに、じゅく用のかばんの中からシャーペンとノートをとりだした。ノートのいちばんうしろを開いて、かきはじめた。

「あたし？」女はきいた。

あたしだよ。おれは答えた。おれは、けっこう絵をかくのがすきだ。それに、じょうずだ。地区てんで入選したことだってある。

女は自分の絵にもどった。おれはいっしょうけんめい女の横顔をかいた。二人で、だまったまま手を動かした。そよ風が、おれと女のかみを、さわさわとゆらした。

女の横顔は、ほんものよりもまのびした感じになってしまった。あたしってへんな顔してるんだね。女は見てわらった。おれはまた顔が赤くなった。

女の絵も見せてもらった。もののかたちがないのに、ただいろんな色をでたらめにぬっただけみたいなのに、見ているときもちよくなる絵だった。

「かっこいい」おれが言うと、女はうれしそうにした。

じゃ、帰る。女は言って、とつぜん立ちあがった。おれもあせって立ちあがったら、シャーペンが草の中に落ちた。さがしたけど、みつからなかった。

「ごめん」と女は言った。

いいよ。おれは言い、いそいでノートをかばんにしまった。女が先に行ってしまうんじゃないかと、心配だった。女は待っててくれた。

またならんで歩いた。女は帰り道ではもうなにも言わなかった。おれもだまってた。女がすきだ、と思った。それからすぐに、ばかみてえおれ、と思った。

女と家の前でわかれた。門をあける女のうしろすがたをながめていた。女はまた、首のあたりのかみを手ではらった。

女を見送ってから家に帰ると、どうしたの、早かったじゃない、と母親に言われた。じゅくのこと、すっかりわすれてた。知らないふりをして部屋ににげこんだ。ベッドにねそべって、天じょうをぼうっと見た。起きあがってかばんからノートを出して、いちばんうしろを開いた。女の顔があった。さっきよりも、もっと女ににてない感じがした。

ばかみてえおれ。また思い、ノートをとじた。窓から風がはいってくる。くすぐったくて、おれは大きなくしゃみをした。

淋《さび》しいな

某月某日、あたしは恋人にふられた。

恋人は、ビルのメンテナンス会社に勤めている、ワイシャツのよく似合う男の人だった。ともだちのともだちに、紹介された。そんなに、話もあわなかったし、最初に会ったときにドキドキしたりもしなかったけれど、いやな人じゃないと思った。

二人で何回か会ううちに、ちょっと情がうつった。会社が引けたあとのデートのとき、待ち合わせの店に入ってきながら少しだけネクタイをゆるめる彼のしぐさを、あたしは色っぽいなあと思うようになったりした。

「つきあい」はじめてからも、最初の二ヵ月くらいは、自分たちが恋人同士なんだかどうだか、あやふやな感じだった。イベントはちゃんとこなしたし（あたしたちが引き合わされたのは、クリスマスの直前だったから、クリスマス・初詣《はつもうで》・節分・バレンタインと、イベント続きのころだったのだ。節分がイベントといえるかどうかはわからないけれど、あたしたちはデパートの食品売り場で買ってきた太巻きを、南南西の方角を向きながら、彼の部屋のベッドの上で律儀《りちぎ》にまるごと食べた。それから、おごそかにセックスをとりおこなった）、メールが来ればすぐに打ち返したし、ふたまたやみつまたをかけたりも（少なくともあたしは）しなかった。でも、それだけじゃあ、恋人とはいえない。

恋人って、何だろう。あたしはときどき雑誌の「今年上半期の恋愛・運勢特集号」なんていうのを買ってきては、今までつきあった男の子たちとの相性を占ってみる。「最高の相性、心も体もぴったり」という星まわりであるはずの男の子とは、ちょっとの行き違いで、かんたんに別れていた。三年間つきあって、結婚してもいいかなと思った男の子との相性は、「友だちとしても見こみなし」だった。ラッキーカラーはゴールドで、旅行は南の島が吉。

あたしは一回も「恋愛」っていうものをしたことがないんじゃないかと、ときどき思う。会いたくて、声を聞きたくて、抱きしめられたくて、居ても立ってもいられないなんていう男の子が、かつていただろうか。あたしには思い出せない。いつだったか、そういう男の子がいたような気もするんだけれど、うまく思い出せない。過ぎてしまったことは、思い出せない。

彼はあたしの恋人なんだ、と思うようになったのは、雛祭《ひなまつり》の日だった。女の子のお祭だから甘いものを食べなくちゃね。そう言いながら、彼はとびきりのデザートが用意されているお店に連れていってくれたのだ。軽いお魚のコースのあとに、あたしはスフレみたいにふわふわしたチョコレートケーキを選んだ。彼はぶどうのシャーベット。甘いものを食べているときには脳内幸福物質が分泌《ぶんぴつ》される、というのがあたしの自説である。あたしは彼をうっとりと見つめた。このひとが恋人でよかった、と思った。思ってから、あ、あたし今、頭の中でこのひとのことを恋人って呼んだ、と思った。

次に行ったバーでビターのキスチョコをつまみながら、あたしは彼の肩に頭をもたせかけた。彼はあたしの腰に軽く手をまわした。あたしがそっと頭を上げると、しばらくしてから彼もさりげなく腰から手をはずした。そのタイミングが、もうしぶんなかった。このひとが恋人でよかった、とあたしは思った。それからキスチョコをもうひとつぶ、口に入れた。

彼にふられたのは、火曜日の夜だった。火曜日という日が、あたしは一週間の中でいちばん好きだったのに。月曜日はまだ熟していない、青くさいメロンみたいな日。水曜日木曜日は、少し熟しはじめたバナナ。金曜土曜ならば、今にも枝から離れようとしているパパイヤ。そのどれでもない、匂《にお》いもほとんどしないような、けれどかすかな甘みのある、フルーツトマトみたいな火曜日が、あたしはいちばん好きだった。清潔で、ちょっとよそよそしくて、きりっとした日。

よりにもよってその火曜日の晩に、彼は突然別れを切りだした。

「もう会わないほうがいいと思うんだ」と彼は言った。え、とあたしはまぬけな声を出した。そういうときって、まぬけな声しか出ないものだ。あとで一人になってから、あたしの頭の中で、そのときの「え」という自分の声が、エンドレスに鳴り響いた。あたしよりももっと好きな女の子ができたという彼の説明や、君は一人でもだいじょうぶな子だから、という彼のいいわけ（なんで男の子って、いつもいつも同じいいわけをするんだろう）や、彼の手の甲がけっこう毛深いことにそのとき初めて気がついたことや、別れぎわにあたしから彼にかじりついてキスしたことや（あたしは酔っぱらっていた。だって、これが飲まずにいられましょうか）、いろいろあとになってよぎる場面はあったのだけれど、そのどれよりも、自分の「え」という声が強く記憶に残った。ばかみたいなあたしの、ばかみたいな「え」という声。あたしは何回か男の子をふったこともあるし、何回かふられたこともある。どちらも後味が悪い。ふられたときに重要なことは、自分を嫌いにならないことだ。自分のせいだと思わないこと。といって、彼のせいでもない。まして彼が新しく好きになった女の子のせいでもない。昔のひとは、こういうときのことを、うまい言葉で言う。なんだっけ、そうだ、めぐりあわせ、とかいう言葉。めぐりあわせが悪くて、ふられただけなのだ。理由とかいきさつとかを考えはじめると、だんだん腹がたってきて、人柄も悪くなるしお肌にも悪い。おまじないのように、あたしは「めぐりあわせ、めぐりあわせ」と唱える。もちろんそんなこと唱えてもぜんぜん気持ちはおさまらないけれど。

火曜日に、あたしはふられた。十二時過ぎに家にたどりついてから、あたしはまっさきに顔を洗った。ていねいにクレンジングを行い、ぬるま湯でじゅうぶんにすすぎ、最後に冷たい水をざぶざぶ使った。自分の部屋にもどって服をハンガーにかけ、翌日着ていく服を選んでクロゼットから出し、机の上に置いてあるポータブルのテレビをつけた。

何人もの女の子が笑っている。音声を消して、あたしはぼんやりとテレビの画面を眺めた。この女の子たちの中にも、もしかしたら昨日ふられた子がいるかもしれないな、と思いながら、女の子たちのよく手入れされた髪やすべすべの肩を見ていた。

なんでこんなに淋しいんだろう、とあたしは思った。この淋しさは時間がたてば薄らぐと知っていたけれど、そんなこと知っていても、なんの役にも立たなかった。ただ淋しかった。あんなに彼のことを好きだったのに、と一瞬思ったが、それが嘘《うそ》なことも知っていた。あたしはそれほど彼に夢中ではなかった。だって、彼もあたしに夢中になってくれなかったから。あなたが彼に夢中にならないから彼もあなたに夢中にならないのよ、と忠告してくれた友だちもいたけれど、それはなんだか、違う。あたしは夢中になる用意ができていたのに。いつだって、できているのに。今だって。

あたしは静かにベッドに横たわる。毛布にくるまって、少し泣く。すすりあげてみる。えんえん、と声も出してみる。合間に鼻をかむ。あんまり泣くと次の日に目が腫《は》れるので、ときどき休んで濡《ぬ》れタオルをまぶたにあてる。濡れタオルが冷たいので、まぶたが熱いことがわかる。泣いているうちに、どうして泣いていたんだか、一瞬忘れてしまう。彼のことが好きだったなあ、と思おうとするが、うまく思い出せない。彼の足がちょっとO脚だったことばかりが浮かんでくる。O脚だったのに好きだったな、と思うと、また少し泣ける。でもそのうちに可笑《おか》しくなってきてしまう。くすくす笑う。笑っていると、自分がかわいそうになって、また泣ける。

三十分くらい泣いたり休んだりを繰り返しているうちに、昔、大学の図書館で借りた本をまだ返していないことを突然思い出したりする。本は、クロゼットの奥に置いてあるダンボール箱に入っているはずだ。きっと一生返さないにちがいない。

あたしは部屋の天井をじっと見た。アイボリーの清潔な天井。十年前に改築した家だ。姉と共同の部屋ではなく、自分一人の部屋が持てたことが嬉《うれ》しかった。十年前におこづかいをはたいて買ったリバティープリントのカーテンが、今も窓にかかっている。あたしって、いったい誰だっけ、と不思議な気分になる。きっと明日も会社に行って、お昼にはパスタかカレーか焼き魚定食を食べて、夜お風呂《ふろ》に入った後にはマニキュアを塗りなおして、友だちにちょっと電話をして、でもふられたことはまだ話さないで、かわりに今シーズンのバーゲンの話かなにかして、電話を終えてからまた少し泣こうかと思うけれど、もう泣けないんだろうな、と思いながら、あたしは某月某日、いつの間にか、寝息をたてはじめている。淋しいな。

椰子《やし》の実

一度だけ、兄の淳一《じゅんいち》と合唱したことがある。ものすごく、わたしは後悔した。だって、めちゃくちゃにけなされたから。兄とわたしは、年子だ。兄は優秀な子供だった。愛想がよくて、勉強ができて、大人にかわいがられた。おまけに、兄はボーイソプラノだった。地元の少年少女合唱団の花形で、何回もコンクールで優勝を重ねていた。あきらかに兄のほうがわたしよりも「できた子供」だった。小さいころ、わたしはいつだって兄に引け目を持っていた。

「なも知らーぬー」と始まる、あれはたしか「椰子の実」という歌だった、最初の一小節をうたったところで、もう怒られた。ぜんぜん音程があってないじゃないか。リズムもまちがってるし。まだ二部合唱に入る前だっていうのに。咲《さき》はほんとにだめな奴《やつ》だ。

兄の言うことは、いちいちもっともだった。わたしはちょっと、音痴だったのだ。兄の所属する合唱団の試験を、実はわたしも受けたことがあるのだが、かんたんに落とされた。以来わたしは人前ではなるべく歌をうたわないようにしていた。

「椰子の実」をうたったのは、翌日学校でテストがあるからだった。一人でこっそり練習していたのを、兄が聞きつけて、「ぼくが教えてやる」と言ったのだ。教えてなんかほしくないのに、とは言いだせなかった。兄は、わたしにとって、さからえない存在だった。

中二になって変声期をむかえ、兄は合唱団を退団した。ソプラノではなく、ふつうの男声パートとして残ってくれと頼まれたが、受験を理由に断ったらしい。

合唱をやめてから、兄の声はたちまち太くなった。同時に、愛想にもとぼしくなった。受験を理由にしたにしては、勉強にうちこむ気配はみじんもなく、かといって学校のクラブにも入らず、授業が終わってまっすぐ家に帰ってくると、ゲームばかりしていた。

兄が得意なのは、シューティングのゲームだった。ものすごく真剣な顔で、画面にあらわれる不思議な形の敵を、ばしばし撃っていった。

「すごいね、おにいちゃん」と、あるとき声をかけたら、怒られた。集中の邪魔になるってことが、わからないのか。咲はほんとにだめな奴だ。いつか「椰子の実」の歌唱指導を受けたときと同じ口調で言われた。このいばりんぼっ。心の中でわたしも言い返した。でもこわかったので、口には出せなかった。

家の中でゲームばかりしてはおやつを食べちらかしていたせいか、兄はだんだん太っていった。色白で眉《まゆ》のりりしい兄は、太ると、なんだかどこかのお金持ちのおじさんみたいにみえた。兄と喧嘩《けんか》をするたびに、わたしは「おじさんのくせに」と心の中で言い返すようになった。まだ口には出せなかったけれど。

兄とわたしの立場が逆転したのは、わたしが高校に入学したころだった。

兄はしょっちゅう高校をずる休みしていた。選択授業だから、今日は昼からなんだよ。そんなふうに母には言い訳をしていたけれど、それが嘘《うそ》だということを、わたしは知っていた。高校の選択授業で、週のうち四日も午後しか授業がないなんて、ありえない。

わたしは兄よりもランクがずいぶん上の高校に受かった。兄を見返してやれ、というほどのことでもなかったのだけれど、兄へのひそかな対抗意識が心の奥底にあって、必死に勉強したのは、まちがいない。

兄は大学へ進学しなかった。受験のために、と貰《もら》ったお金は全部競馬で使いはたした、ということは後年聞いた。どこにも受からずに（というより、元々どこも受けずに、ということになるわけだが）、兄はバイト生活に突入した。

バイトは夜のものだった。そのころになると、父も母も兄の生活にはいっさい口をはさまなくなっていた。高校在学中に、二度ほど兄は大暴れをしたのだ。居間のソファーを包丁でめちゃくちゃに切りさき、そのまま包丁を握りしめて家じゅうを駆けまわった。誰も怪我《けが》はしなかったけれど、以来父は兄の顔を見ようとしなくなったし、母は兄にていねい語を使うようになった。

不思議なことに、兄が暴れてからは、わたしは兄に妙な親しみをおぼえるようになった。ねえ、おにいちゃん、どこでバイトしてるの。ある日聞いてみると、兄はしばらくわたしの顔をのぞきこんでいた。やがて、ふつうの声で、ホストクラブ、と答えた。

就職して数年後に、同僚に連れていってもらったホストクラブで、兄に出くわしたときには、とうとう来たか、という感じだった。兄が働いているところを、ほんとうのところ、わたしは見たくなかった。兄が売れっ子のホストであるはずがなかったから。

けれど予想は裏切られた。兄は四十人もホストをかかえているそのお店の、ナンバー2だった。色白で太っていておじさんみたいなのに、店の中にいる兄は、ものすごく色っぽくて魅力的だった。ねえ、あの人素敵だね。同僚は言って、うっとりと兄の姿を目で追った。

兄はわたしと兄妹であるというそぶりは、みじんも見せなかった。むろんわたしのほうも。同僚は、しばらくそのお店に通っていた。また一緒に行こうと誘われたが、断った。ケイ（兄の源氏名である）さまにはなかなか手が届かないわあ。ものすごく競争相手が多くて。同僚はときおりこぼしていた。

三十歳で結婚することになったとき、父と母はわたしの相手を見て一瞬腰をぬかしそうになった。わたしの恋人である坂本さんは、兄にそっくりだったのだ。

性格や、声や、動作の感じは、ずいぶん違うのだけれど、顔だちと体型が、兄そのものだった。喋《しゃべ》りはじめると、坂本さんは兄とは異なった雰囲気をかもしだす。けれど黙ってわたしと父母のやりとりを聞いているときには、そこに兄が座っているようにしかみえないのだった。

式の当日まで、父母はもう坂本さんに会おうとしなかった。二人とも大人なんだから、あなたたちの好きなように式を挙げればいいじゃない。安心してすっかりまかせてるのよ。口出しすることなんて、一つもないわ。そんなふうに母は言っていたけれど、ほんとうの理由は違うに決まっている。たんに、兄を思い出させる坂本さんに、会いたくなかったのだ。

おにいちゃんも、式には呼ぶよ。わたしが言うと、父母は無表情に頷《うなず》いた。

兄はごくオーソドックスなブラックスーツを着て式にあらわれた。もしかして、妙に光沢のあるまっ白い三つ揃《みぞろ》い（お店で兄はそういう感じの服をきれいに着こなしていた）かなにかで来るんじゃないかと、内心少し不安に思っていたのだけれど。兄に直接会うのは、お店に行って以来だった。五年以上たって久しぶりに対面した兄は、痩《や》せていた。坂本さんとは、もうあまり似ていなかった。式が終わって披露宴が始まるまでの間、わたしは控室で休んでいた。学生時代の友達が数組やってきて、写真をぱちぱち撮った。その子たちも出ていって静かになったところで、兄が入ってきた。

咲、おめでとう。兄は言った。

ありがとう。答えると、兄はしばらく黙っていた。それから何を思ったのか、兄は突然うたいはじめた。

名も知らーぬー。

おまえもうたえ。兄は言った。とおきしーまよーりー。よくわからないままに、兄に声をそろえた。

途中から二部合唱になった。兄が低音部をのびのある低い声でうたった。昔のソプラノとはぜんぜん違う質の歌声だったので、ちょっと驚いた。

歌をうたうのは、久しぶりだった。音痴を気にしていたので、カラオケに行ってもめったにうたうことはなかった。ましてや二部合唱なんて。

いずーれのひにかくにーにかえーらーん。

最後までうたった。ものすごく、気持ちよかった。兄とわたしの声は、きれいにハモっていた（少なくともわたしにはそう思えた）。いつわたし、音痴じゃなくなったんだろう。内心で思った。だから、兄に、やっぱりおまえ下手くそだなあ、と言われたときには、がっかりした。だって、よく合ってたじゃない。言い返すと、兄は、おれが合わせてやったからだ、と答えた。それから、兄はにっと笑った。わたしも、にっと笑い返した。

披露宴の間じゅう、わたしは雛壇《ひなだん》の上から、父母と兄の様子をはらはらしながら見ていた。父母はかたくなに兄から目をそらしつづけた。兄は気にしないふうで、ぱくぱくとコースの料理をたいらげていた。

宴が果ててお客を見送った後、兄がすっと寄ってきた。今度おれ、自分の店出すことになったから。兄は早口で言った。それからわたしに四角いものを手渡した。蝶々《ちょうちょう》っぽい透かしの入った薄い封筒だった。案内状、これ。早口のまま、兄はつづけた。おとうさんおかあさんには、言ったの。聞くと、兄は首を横に振った。しばらくわたしも兄も黙っていた。やがて気を取りなおしたように、兄は言った。おまえブラザーコンプレックスだったんだな。坂本さんを見やりながら、兄は目を細めた。ちがうよ。たまたまだよ。わたしは言い返した。

お店、今に行くよ。そう言うと、兄は、それより、とさえぎった。それより、咲はおれのかわりに親孝行してくれ。

びっくりして兄の顔をじっと見ると、兄はほほえんだ。ホストっぽい、色気のあるほほえみだった。わかったよ。まかしといて。答えると、兄は一つ頷き、わたしに背を向けた。そのまますきっぱりとした足どりで、兄は歩いていった。父母は見ないふりをしていたけれど、わたしはしっかりと兄を見送った。

わたし、そんなに音痴じゃないよ。遠ざかる兄の背に向かって叫ぶと、兄は振り返らないまま、いや、やっぱり咲は音痴だ、と答えた。背中を向けているのに、声はよく響いた。背筋がぴんと伸びていて、さすがナンバー2だと、わたしはなんだかものすごく誇らしかった。

えいっ

大きめのおべんとう箱ほどの大きさで、セルロイド製だった。色は桃色。ピンク、というよりも、桃色。幅三センチほどの輪になった白いゴムひもでとめて、蓋《ふた》と身が離れないよう固定してあった。五年生の家庭科の時間に、クラス全員におそろいで配られたそれは、お裁縫箱だった。

ゴムひもをとり、ぱかり、という感じで蓋をあけると、中にはぎっしりと裁縫道具が入っていた。和鋏《わばさみ》。ルーラー。へら。銀紙に包まれた縫い針。まち針。ふっくらとした針山。指ぬき。銀色に光るボビン。ピンクと水色のチャコペン。

学校には、いろいろな「お道具」があった。たとえばお習字の道具。美術の絵の具セット。彫刻刀セット。分度器と三角定規。それらは、でも、みんななんだか

「実用」という感じがした。

お裁縫箱だけは、ちがった。きれいに詰まった裁縫道具の、ひとつひとつが、おままごとの道具みたいに思えた。だから、クラスのみんなはお裁縫箱を学校に置きっぱなしにしていたけれど、あたしはもったいなくて、必ず家に持ちかえった。布の手提げの中で、中の道具がかたかたとセルロイドの箱に当たる音も、あたしは大好きだった。家に帰ると、ぱかりと蓋を開け、片方に寄ってしまった中身をきれいに並べなおした。

高校まで、あたしはそのお裁縫箱を使った。卒業してからも、あたしはお裁縫箱を大切に取っておいてある。本棚のまんなかの段に置き、ときどき開けてみては、ぱかり、という音を楽しむ。まち針をきれいに針山に刺しなおしたり、しつけ糸をとめてある黄色いリボンをもてあそんだりする。

茜《あかね》ちゃんのところに遊びにいって、同じお裁縫箱が机の隅に置いてあるのを見たとき、だからあたしはびっくりした。あ、おさいほうばこ、とあたしは思わず口にした。そうだよ、おさいほうばこだよ。茜ちゃんは言い、えへへへ、と笑った。茜ちゃん特有の笑いかただ。口が真横にひっぱられたような表情になって笑うので、こういう笑い声になる。

茜ちゃんとは、合気道の教室で知り合った。茜ちゃんはあたしよりも二歳としうえの、二十三歳。どうしてもうまくいかない型の練習を居残ってしていたら、茜ちゃんがアドバイスをしてくれたのだ。力の入れどころが、違うんじゃないかなあ。でも間違ってたら、ごめん。茜ちゃんはそんなふうに言い、しばらくあたしの動きを眺めていた。

あたしは茜ちゃんのアドバイス通りに、腕のもうちょっと内側に力を入れてみた。鏡にうつったあたしの姿が、とたんに正しい型をとった。お礼を言おうと振り向いたら、もう茜ちゃんはいなくなっていた。

「あのとき茜ちゃんが言った、間違ってたら、ごめん、って言葉が泣かせたよ」茜ちゃんと親しくなってから、あたしが言うと、茜ちゃんは首を振り、

「それって、わたしの優柔不断さを表してるだけだよ」と言った。

茜ちゃんはたしかにちょっと優柔不断だ。レストランでメニューを決めるのも遅いし、あたしがさっさと合気道をやめてしまった(コーチがものすごくセクハラな男だったのだ)後も、ぐずぐず迷って結局半年も教室に通っていた。やめる直前の

ある日、コーチに胸をむんずと摑《つか》まれたので、ようやくやめる決心がついたのだ、と茜ちゃんはこっそり教えてくれた。

あたしは、どちらかといえば気難しい性格なので、おっとりした茜ちゃんが少しうらやましい。けれど茜ちゃんは、わたしの優柔不断さって始末に悪いのよ、と言い言いする。

「なんかわたし、この人と相性悪いんじゃないかなって疑ってても、ほんとうにそうなのかどうか、自分では決められないんだ」茜ちゃんは言う。恋人の話である。

「だから、うーんどうしよう、とか思ってるうちに、必ず相手から別れを切りだされちゃうのよ」茜ちゃんは続けた。

「わたし、今まで、ふられたことしかないの。わたしがふったことは、ただの一度もないよ」茜ちゃんは言い、えへへへ、と笑った。

「ねえ、そのお裁縫箱、いつの？」あたしは聞いた。

「小学生のころのだよ」茜ちゃんは答える。

あたしも同じの、今も持ってるよ。あたしは早口で言った。茜ちゃんがお裁縫箱を大事にとってあるのが嬉《うれ》しかったのだ。

中に何入れてる？　あたしは聞いてみた。あたしのお裁縫箱の中には、今も裁縫道具が入っているけれど、茜ちゃんのお裁縫箱には、なんだか違うものが入っているような気がしたのだ。

「ボタン」と茜ちゃんは答えた。

ああ、ボタンて、まとめて何かに入れておかないと、すぐどこかに見えなくなっちゃうものね。あたしが言うと、茜ちゃんは首を横に振った。

「ちがうの。あのねえ、恋人たちのボタンなの」

「え」

茜ちゃんはお裁縫箱の蓋をとった。驚いたことに、箱の中には脱脂綿が敷きつめられていた。脱脂綿にふわりと埋めこまれるように、そこには七つ、ボタンがあった。

「なにそれ」あたしは小さく叫んだ。

ボタンは、全部違う大きさ、違う色だった。四つ穴のものもあったし、虹色《にじいろ》に反射する貝殻のボタンもあったし、大きなくるみボタンもあった。

「あのねえ、ふられることが決まると、わたし、恋人からいつもボタンを一つもらうことにしてるの」茜ちゃんは、驚くあたしにかまわず、落ち着きはらった口調で説明した。ほら、卒業の時に好きな男の子の制服の第二ボタンをもらったりするでしょう。それと同じでね。

同じでね、って言われても。あたしは口を半開きにしたまま、言った。

「ぶきみ？」茜ちゃんは聞いた。あたしはかすかに頷《うなず》く。

茜ちゃんは、えへへへ、と笑った。それから、今までにわたし、七人もの人にふられちゃったんだねえ、とつづけた。今の人からは、ふられないといいんだけど。

茜ちゃんは言い、また、えへへへ、と笑った。

あれから一年ほどが過ぎて、あたしは今も茜ちゃんと友だちだ。

合気道教室も、新しいところを見つけて、毎週火曜日、二人で同じクラスをとっている。茜ちゃんは会社の帰りに、あたしは大学の帰りに、休まずにきちんと通っている。

「ねえ、今の人からは、まだふられないの」あたしはときどき茜ちゃんに聞く。茜ちゃんは、うん、と答える。

「そういえば、もしも茜ちゃんのほうが恋人をふったら、ボタンは、どうするの」

いつかあたしは思いついて、聞いてみたことがある。

茜ちゃんはしばらくの間、考えていた。どうしようかな。せっかくだから、もらいたいよね。でも、わたしがふっておいて、そのうえ物をちょうだい、っていうのは、ずうずうしいかな。

茜ちゃんはあいかわらず、優柔不断にいろいろ言っていた。結局茜ちゃんがふった場合のボタン問題は、解決しないままに終わった。

あたしは茜ちゃんの部屋に遊びにゆくたびに、お裁縫箱の中身を見せてもらう。あたしの好きなのは、緑色の二つ穴ボタンだ。ときわ木の緑色。

もう、このお裁縫箱の中身が増えないといいね。あたしは茜ちゃんに言う。いいえ、わたしは一生恋をしつづけるんだから、ボタンだって増えつづけるのよ。茜ちゃんは答える。一生ふられつづけるのか、きみは。あたしが聞くと、茜ちゃんは、えへへ、と笑った。

茜ちゃんのお裁縫箱を見せてもらった日には、あたしも家に帰ってから必ずあたしのお裁縫箱を開けてみる。ぱかり、と音がして、蓋ははずれる。銀の指ぬきを中指にはめたりはずしたりしながら、あたしは少しため息をつく。日が暮れるのが早くなったなあ、なんて、おばあさんみたいな感慨にふける。お裁縫箱を布のかばんの中でかたかたいわせていたのは、たった数年前のことなんだな。これからの人生って、どんなふうになっていくんだろうなあ。

思いにふけりながら、あたしはお裁縫箱の蓋をしめる。それから、勢いをつけて立ち上がり、合気道の基本の型をいくつか、続けてやってみる。汗がひとつぶふたつぶ、額をしたたり落ちた。がんばるぞ、とあたしは思う。もし茜ちゃんもあたしも共に長生きできたら、おばあさんになってから、二人で昔話をたくさんしよう。

ひときわ大きな声で、あたしは、えいっ、と掛け声をかけた。汗がまた、したたり落ちた。

笹《ささ》の葉さらさら

アルファハイツに引っ越してきてから、一ヵ月になろうとしている。

「なんかこう、中途半端《はんぱ》な名前のアパートだね」と、さっちゃんには言われたけれど、あたしはけっこうこのアルファハイツという名が気に入っている。

「生活費とか、どうしてるの？」さっちゃんは聞いた。

「まあ、バイトもあるし」

あたしは、大学に入ってすぐに、駅前の「スナックりら」でバイトを始めた。

「スナックりらって、なんだか古くさそうなお店」と、さっちゃんには笑われた。

「りら」のママは、あたしの伯母なのだ。スナック、と名はついているけれど、ほとんど「おふくろの味」みたいな内容の店だ。伯母の協子《きょうこ》さんは、今どき白い割烹《かっぽう》着《ぎ》に着物というスタイルでカウンターの中に立っているし、店の壁にはってある木製の短冊《たんざく》には、ひじきだの、肉じゃがだの、鯵《あじ》の南蛮漬けだのいう、いかにも「おふくろ」らしい類《たぐい》の品が、幾種類も並んでいる。

伯母の妹にあたるあたしの母は、あたしが中学のときにクモ膜下出血で死んだ。父親はもともと女癖が悪くて、母が死んでからは、おおっぴらに女を家に出入りさせはじめた。あたしは一刻も早く家を出たかったのである。それも、父親の助けは借りずに。

「あたしも、今に何かお店を持ちたいんだ」と言うと、さっちゃんは、そう？ と目を丸くした。まだ将来のことなんて、考えてないなあ。さっちゃんはのんびりと言う。

将来のこと。あたしは中学のとき母が死んで以来、それればかり考えてきた。どうやって父親から独立するか。どうやって住む場所をみつけるか。どうやってお金を得るか。どうやって年とってゆくか。

その「将来」の中に、男の影は、いっさいない。男は、当てにならないもの。結婚とか家庭なんて、すぐに壊れるもの。それが、あたしの「将来」の前提だ。「スナックりら」では、しっかり「おふくろ」系の料理の腕をみがこうと思っている。将来の何に役立つかはわからないのだけれど、技術や資格を一つでも多く身につけることは大切なことだ。アルファハイツの薄いぺらぺらした扉に鍵《かぎ》をかけ、あたしは今日も夕暮れの中、「スナックりら」へ向かう。

「りら」は地元の飲み屋街の一角にある。小さな店の集まったその道筋には「五番街」という名がついているので、「りら」のカラオケでは、毎晩必ず一回は「五番街のマリーへ」が出る。

常連、といわれる人たちは、ほんとうに毎日来る。「由真《ゆま》ちゃん、今日も元気だね」なんて言いながら、小鉢一つに焼き魚を一皿つけ、燗酒《かんざけ》の二本ほどを飲むと、すっと帰ってゆく。うちのお客は、きれいな飲みかたの人が多いから。協子伯母が自慢するだけあって、ほんとうに「りら」のお客は、なんというか、「いやらしく」ない。

伯母は、若いころ一回だけ結婚したのだけれど、子供ができないというので三年で離縁されたのだという。それから水商売の道に入って、若いころは銀座のお店でならしたこともあったのだそうだ。

「男から金をむしりとってやろう、とか、燃えてた時期もあったんだけれどね、これで」と、伯母はもらしたりもする。

「子供ができないから離縁って、なにそれ」とあたしが驚くと、伯母は「ほんの少し前まで、日本の社会って、女に対してものすごく無体《むたい》だったのよ」と笑った。

笑いごとじゃないよ、とあたしは思う。やっぱり男なんて、ろくなもんじゃない。

それから、その「男の論理」にのっかって、安逸《あんいつ》をむさぼってきた類の女たちも。

まあそんなにしゃちほこばらないで。伯母は息巻くあたしに向かって、また笑った。

「しゃちほこばるって、なにそれ」あたしが聞くと、伯母は「ほら、名古屋城のしゃちほこ。ああいうふうに、びしっと尾っぽをたてて、いかめしく構えるってこと」と答えた。

しゃちほこねえ、とあたしは思う。しゃちほこにならなきゃ、世の中を渡っていくことができないならば、いくらでもしゃちほこになってやろうじゃないの。しゃちほこ上等。

伯母は煮物に火をいれはじめた。開店の時刻だ。常連の宮本さんが、まだのれんを出す前だけれど、にこにこと入ってくる。いらっしゃいませー。伯母とあたしは声をそろえる。

アルファハイツの隣家の庭の一角には、小さな竹藪《たけやぶ》がある。その中の、道に張り出している笹の枝に、七夕の少し前から、次々に短冊がさがるようになった。「隣の家の人が短冊をさげるんじゃなくて、通りがかりの人がどんどん勝手にくっつけてくみたいなんだけど、どうしてかな」と聞くと、伯母は、「ああ、あれ、町内ではちょっと有名なのよ」と答えた。カウンターに陣どっている酒田さんと武井さんも、「うん、そうなんだよね」と話に加わってくる。

先代からこの町で時計屋を営んでいる酒田さんによれば、アルファハイツ横の竹藪は、隣家が建つ以前からあったのだという。もともと大きな竹藪だったものを、売地にした時にあらかたならしてしまったのだけれど、地盤がいいことを示すために、ほんの少しだけ竹を残しておいたのだそうだ。

「竹藪って、地盤と関係あるの」あたしが聞くと、武井さんは「近ごろの若い女の子は、何も知らないんですねえ」と言った。武井さんは、地方銀行を退職して数年という、堅物のおじさんだ。

「ほら、根がしっかり張るでしょ、竹。だから地面が崩れないの。地震のときは竹藪に逃げこめって言うじゃない」酒田さんが教えてくれた。

「でね、七夕のときに、あすこの竹に願い事をつるすと、必ず叶《かな》うんですって」協子伯母は金網の上の厚揚げをひっくり返しながら、言った。

それそれ、俺もさあ、初恋のさゆりちゃんとデートできますようにって、昔つるした。酒田さんが笑いながら言う。あ、わたしもそういえば、受験の年にこっそり短冊持って行ったおぼえがありますよ。武井さんがつづける。

そうか、じゃ、あたしも願い事、つるそうかな。そう言うと、酒田さんがのぞきこむようにして、「由真ちゃんの願い事って、何なの」と聞いた。

「悪い男にひっかかって人生を誤りませんように、です」あたしがすらすら答えると、酒田さんは、「へっ」と言った。武井さんは、「ほう」と目を細める。まだまだ由真ちゃんも青いねえ。酒田さんがからかうように言うのを、あたしは無視して、お皿を洗いはじめた。

話題はすぐにほかのことに移り、そのうちに酒田さんも武井さんも帰っていった。短冊って、ボール紙かなにかでつくればいいのかな。あたしは考えながら、酒田さんたちの使ったお猪口《ちょこ》と徳利《とっくり》を水に沈めた。

けれど、そのすぐあと、あろうことか、あたしは男にひっかかってしまった。「悪い男にひっかかりませんように」なんて短冊を本当にさげたのが、いけなかったのかもしれない。

「それ、ひっかかるって、言わないよ。ただの、つきあう、っていうもんだよ」と、さっちゃんは言うけれど、男とつきあうっていうこと自体が、あたしにとってはまずいことなのだ。

あたしがひっかかった男は、同じクラスの種田くん。ひょろーっと背が高くて、薄い色の髪をしていて（カラーリングとかじゃなく、もともとの色だそう）、けっこう優しいっぽい。

「でも、世の中には、優しい男なんて、ほんとはいないから」あたしが言うと、さっちゃんはため息をついた。由真って、依怙地《いこじ》すぎ。少しなら面白いけど、それじゃ、冗談にもならないよ。

種田くんは、すぐに「りら」に出入りするようになった。職場に来ないでよ、とあたしが頼んでも、だって由真がなかなかデートしてくれないから、などと言いながら、種田くんはすいすい「りら」に入りこんできた。いつの間にか常連の酒田さんや武井さんとも仲良くなり、しばらくは打ち解けようとしなかった宮本さんとも、最近はすっかり親しい口をきくようになった。

「種田くんみたいなタイプだと、ひょっとすると、このまま結婚まで行っちゃうかも」などと協子伯母が言うので、あたしは憤慨した。

「男なんかと一緒に生活しないよ、あたし」

伯母は笑いながら、頷《うなず》いた。そりゃあそうよ。由真なんかと暮らしてくれる男の子は、めったにいないわね。でも種田くんなら懐《ふところ》が深いから、そんな由真でも、最後までどうにか受け止めてくれるかも。由真の運がよければ、だけどね。

なんで人は、若い男と女を見ると、結婚だのなんだのするもんだって決めてかかるの。あたしはますます憤慨しながら、聞いた。

「だって、それが、動物として自然なことなんだもの」協子伯母は涼しい顔で答える。でも、協子伯母さんは一人暮らしじゃない。あたしが言い返すと、わたしくらい経験を積めば、動物から脱することができるのよ、と伯母は落ちつきはらって答えた。

ぷんぷん怒りながら、あたしはのれんを出しにいった。扉を開けるあたしとすれちがうようにして、宮本さんが入ってきた。や、こんばんは、と小さな声で言い、宮本さんはカウンターの椅子《いす》をひいた。

七夕はもうとっくに過ぎたのに、隣家の笹の短冊は増えてゆく。

「旧暦の七夕の前後まで有効だっていうことになってるみたいよ」と酒田さんが教えてくれた。

あたしが種田くんに「ひっかかって」から、二ヵ月近くが過ぎた。あたしは、だんだん種田くんが好きになる。癪《しゃく》でしょうがない。まだセックスはしてないけれど、なんだか危ない感じ。セックスしちゃって、もう抜けだせなくなったら、どうしよう。さっちゃんに相談したら、大笑いされた。麻薬じゃあるまいし。なんか由真って、大人なんだか子供なんだか、よくわからない人だね。

そんな会話を交わした舌の根もかわかぬうちに、あたしはおめおめとセックスをしてしまった。「おめおめって、なによそれ」と種田くんは言ったけれど、冗談に取ってくれたらしく、とがめられはしなかった。

大事にするよ、と種田くんは言った。うん、とあたしは殊勝に答えた。でも、心の中では「そんなはずないじゃん、男が女のこと大事にするなんて」と、言い返していた。

罰があたったのだ、きっと。いちいち、種田くんのことを疑ってかかったから。種田くんに、あたしは嫌われた。

三回めのセックスが終わったとき、あたしは何の気なしに「男なんてね」と、つぶやいてしまったのだ。声に出したつもりは、なかった。セックスが、きもちいいのが、いけなかったのだ。

最初のときよりも、二回めのときよりも、三回めはずっとずっとよかった。種田くんて、セックスが上手なんだ。あたしは感心し、そして同時に、そのことに、ちょっとやきもちを焼いた。あたし以外の女の子とのセックスで、きっと種田くんはセックスが上手になったんだ、って。

種田くんは、それ以来、あたしを避けるようになった。由真がいけないわね。協子伯母は言った。うん、とあたしは素直に頷いた。あたしが、いけない。あたしが種田くんを信じなかったのが、いけない。

あたしは種田くんのことを忘れようと、それまでにも増してせっせと「りら」で働いた。売り上げはのびて、協子伯母はボーナスをちょっぴり出してくれた。あたしは毎晩、とぼとぼ歩いてアルファハイツに帰った。旧暦の七夕を過ぎてからも、隣の庭の笹には、たくさんの短冊がさがっていた。

秋風がたって、協子伯母の店がことに繁盛《はんじょう》する季節になった。

「さんままでしょ。茸《きのこ》ご飯でしょ。牡蠣《かき》や鰤《ぶり》もどんどんおいしくなってくるわよね」

伯母はうたうように言いながら、お客をもてなす。

「由真ちゃん、種田くんはもう来ないのかね」

なかなか打ち解けようとしなかった宮本さんが、いちばんしまいまで種田くんのことを気にかけていた。あたし、ふられちゃったんです。そう説明してからは、宮本さんもそのことに関しては何も言わなくなった。やっぱりうちのお客は、筋がいいのよね。協子伯母は店じまいしながらつぶやいた。ねえ由真、きっと今に、種田くんよりもっといい男が出てくるわよ。

あたしは曖昧《あいまい》に頷く。種田くんに嫌われた当初は、そんなにショックでもなかったのだ、実は。でも、このごろになって、あたしはものすごく後悔している。種田くんのことが、恋しい。ほらみなさい、と、さっちゃんにも言われた。でも今ごろになって、遅いよ、まったく由真は。

九月半ばを過ぎてからは、さすがに隣家の人が全部取り去ったらしく、笹には短冊はもう一枚もかかっていない。

種田くんは、ずっとあたしを避けている。知らない女の子と歩いている姿も、ちょくちょく見かける。さっちゃんが、このあいだ合コンに誘ってくれた。由真、前よりずっと柔らかくなったから。今の由真なら、きっと男の子から、声かかるよ。そんなふうに言いながら。

でもあたしは断った。そんな簡単に、長年培《つちか》った「男を信じられない」気持ちは、なくならない。ただ、種田くんには謝りたいのだ。

ごめん。種田くんを、「男」っていう、よくわからない集合に乱雑に含めちゃって。種田くんは種田くんだった。男は信じられないけど、種田くんは、信じられたかもしれないのにね。って。

結局、大学を卒業するまで、種田くんと話す機会はなかった。「りら」であたしは四年間働き、お金を二百万円ためた。小さな商事会社に就職が決まった日には、宮本さんと酒田さんと武井さんが、図書券を一万円ぶん贈って祝ってくれた。

あたしはやっぱり今も男を信じていない。種田くんの後に、二人の男の子とつきあったけれど、どちらとも一年足らずで別れた。悪い人たちじゃなかったのだけれど。

「信じられる男がいるんじゃなくて、信じようって女が決めるかどうか、それが問題なのよ」と、協子伯母は言う。

そうかなあ、そうかもね。あたしはつぶやきながら、アルファハイツまでの夜道を歩いて戻る。隣家の笹に、一枚、短冊がさがっている。風に軽く揺れている。めくって見ると、「世界人類が平和でありますように」と書かれていた。

あたしは笑って、アルファハイツの階段を、かんかんとのぼっていった。

桃サンド

ちかちゃんのうちは、いつも雑然としている。ことに、キッチンが。

シンクの横には、玉ねぎを半分に切ったものやら、にんじんのしっぽやら、福神漬けの空き瓶に入った干しエビやら、カレー粉の大きな赤い缶やらが出しっぱなしになっているし、床に置いた竹籠《たけかご》には、根菜やかんきつ類や長ねぎなんかが、ごちゃまぜになって放りこんである。

ドアを開けたとたんにする匂《にお》いも、いつもちがう。冬ならば、キャベツを長い時間煮こんだものに胡椒《こしょう》っぽい香りが混じった匂い。夏ならば、ちょっぴりお酢の効いた涼しげな匂い。秋は、おしょうゆとみりんを煮《に》炊《た》きする匂い。

「ちかちゃんて、お料理がほんとに上手だよね」と言うと、ちかちゃんは、にっと笑う。上手っていうより、まあ、たんなる食いしん坊だね。そんなふうに照れながら。

ちかちゃんとは、バイト先のコンビニエンスストアで知りあった。同じシフトに入った時、宅配便やフィルムの現像の手配、キャンペーン中の三角くじのあれこれについて、あたしがちょっとだけフォローしてあげたら、ちかちゃんはものすごく感謝してくれた。

「わたしってね、力はあるから、商品の出し入れとか掃除とかはいいんだけど、細かい仕事が不得意で」と言いながら、ちかちゃんは何回もあたしに頭を下げ、にっと笑いかけた。

この人、ちょっと頭が弱いのかなあ、と、その時あたしは思ったりした。

ちかちゃんのうちを初めて訪ねたのは、半年くらい前のことだ。

驚いたことに、ちかちゃんは大学生だった。

「昼間働いてるから、あたしと同じフリーターだと思ってた」と言ったら、ちかちゃんはいつものように、にっと笑った。

「法科の夜間部に行ってるんだ」

「勉強、好きなんだー」と驚いたら、ちかちゃんはこんどは声をだして笑った。大学生が勉強が好きとは限らないよ星江《ほしえ》ちゃん。

あたしは好奇心まるだしでちかちゃんの部屋をきょろきょろ見回した。八畳ほどのワンルームの、片側がキッチンスペースになっていて、窓側には簡素なベッドとスチールデスクが置いてある。そっけない、これもスチールの本棚には、六法全書やよくわからない専門書がぎっしりつまり、わずかに女の子っぽい印象を与える小さな鏡の前には、乳液と化粧水とブラシがあるばかりだった。

「でも、冷蔵庫だけは豪華なんだね」と言うと、ちかちゃんは頷《うなず》いた。そういえば、ちかちゃんの部屋の中で一番はなやいだ色をしているのは、その天井まで届きそうな大きさの、幅も特大の、オレンジ色の冷蔵庫なのである。

ガス台には大きなシチューパンが置いてあって、ふたをひょいと取ってのぞくと、澄んだスープの中に、じゃがいもとにんじんとセロリとかぶとベーコンのかたまりがしずんでいた。おいしそうだねっ、と騒ぐと、ちかちゃんはすぐオレンジ色の冷蔵庫の冷凍室からバゲットをとりだし、オーブンであたためはじめた。スープも熱々にして、ベーコンは一人ぶんに切って、うどんなんかを食べる感じのどんぶりによそってくれた。

料理は凝ってるけど、容器には凝らない人なんだなあ、とあたしは思いながら、ちかちゃんのスープを飲んだ。すごくおいしくて、あたしは思わず舌を鳴らしてしまった。あっごめん、と言うと、ちかちゃんは、にっと笑った。それから、自分も、たったっと舌を鳴らしながら、見る間にどんぶり一杯のスープを飲みほした。

いつの間にか、あたしはちかちゃんの部屋にいりびたるようになっていた。

午後早くのシフトが終わってから、ちかちゃんが大学から帰ってくる夜九時ごろまでうだうだいつづけて、三回にいっぺんくらいは、泊まっていった。

「迷惑、かな?」といつか聞いたら、ちかちゃんは首を横に振った。ううん、迷惑じゃない。わたし、料理が好きだから、一人ぶんより、二人ぶん作ったほうがいいし。それに星江ちゃんは二人ぶん、わたしも二人ぶん食べるから、四人ぶんになるでしょ。料理って、たくさんぶん作れば作るほど、おいしくなるんだよ。

食費、と言ってあたしがお金を渡すと、ちかちゃんは悪びれずに受けとった。助かる、と、手刀をきりながら。

ちかちゃんを、あたしは、好きになってしまっていた。

友人としても、むろん好きだけれど、もっと深いもの。恋だな、と、ある日あたしは気づいた。女の子を好きになるなんて、思ってもみなかった。今までつきあったのは、全員男の子だったし。

「これって、恋愛なのかな、ほんとに」ときどき、あたしはちかちゃんの部屋で、ちかちゃんのベッドに横になって、ちかちゃんの匂いのする枕《まくら》に頭をしずませながら、ひとりごとを言う。

もしかしたら、恋愛じゃないのかもしれない。ただの、深い友情の、一変形、に過ぎないのかも。たとえあたしがしょっちゅう「ちかちゃんとキスしてみたい」だの「おっぱいをさわったりして、ちかちゃんのエッチな声を聞いてみたい」なんて思うにしても。

「あたし、ちかちゃんのこと、好きなの」と、一回くらいは告げてみたい気もした。でも、できなかった。だって、あたしには勇気がなかったから。

しょうがないから、あたしはあいかわらずちかちゃんの部屋に、うだうだ入りびたりつづけた。

　冬がきて、また春がきて、夏が終わろうとしていた。ちかちゃんと知りあってから、一年半ほどがたっていた。

　あたしはいまだにちかちゃんに「好き」と言っていない。きっと一生言わないと思う。だって、ちかちゃんの作るインドカレーや、肉饅頭《にくまんじゅう》や、手打ちのきしめんや、ローストポークを、あたしの告白のせいでこの先一生食べられなくなったら、たまらないもの。

　あたしはほとんど、ちかちゃんと同棲《どうせい》状態になっていた。三日に一回だったお泊まりが、三週間に一回ほど自分の部屋に帰るほかは、ずっとちかちゃんの部屋に居つづけという感じになり、最初は五千円ほどしか渡していなかった食費も、二万円に増やした。プラス、光熱費ぶんも、一万円。

「このまま一生あたしを食わせてってー」と言うと、ちかちゃんはにっと笑う。

　でも、このごろちかちゃんは、ちょっと忙しいのだ。就職のこともあるし、卒業ゼミのこともあるんだって、説明してくれた。あたしにはよくわからない世界のことだ。ちかちゃんは料理も、以前ほどは熱心にしない。帰ってくるのも、遅い。朝だって、バイトの始まるずっと前に出ていってしまうことが多い。

「どこ行くの」と聞くと、「大学」とか「図書館」とか、ちかちゃんは答える。ふうん、とあたしはつぶやく。でもそれ以上何も言えはしない。大学も、図書館も、あたしにはなんだかちょっと怖い場所だ。本当はちかちゃんにくっついて、そういう場所に行ってみたいのだけれど、勇気がなくてできない。

ちかちゃんのいないちかちゃんの部屋で、あたしは横たわってうだうだしている。こんなことしてて、あたし、どうするんだろう。そう思いながら、ちかちゃんのシャンプーの匂いのする枕に、いつまでも顔をうずめたりしている。


でも、終わりはあっけなくやってきた。

「わたし、恋人ができたみたい」と、ある朝ちかちゃんが言ったのだ。

「みたい？」あたしは聞き返した。ちかちゃんらしい言いかただなあ、と思いながら。遠慮深い人なんだか、ちょっと頭の弱い人なんだか、よくわからない言いかた。

じゃあたし、もうこの部屋を出てかなきゃだよねー。あたしはできるだけ軽い調子で言った。そんなこと、ないけど。ちかちゃんは言って、にっと笑ったけれど、笑いにわずかにためらいが混じっていることに、あたしはちゃんと気づいた。なにしろあたしは、ちかちゃんのことが好きだから。

最後の日（ちかちゃんは「最後の日」なんて大げさなこと思っていなかったろうけれど、あたしはそれが「最後の日」だと、一人思い決めていた）、あたしはちかちゃんに料理をしてあげることにした。

「いつもいつもちかちゃんが作ってくれたから」と言いながら、いいのに、と遠慮するちかちゃんを椅子《いす》に座らせて、あたしはキッチンに立った。

星江ちゃん、何作ってくれるのかな。楽しみだな。言いながら、ちかちゃんはふんふん鼻唄《はなうた》なんかうたっていた。あたしはちょっと泣きそうだった。「最後の日」だから、ということもあったけれど、もう一つ、おしまいまでちかちゃんに「好き」と言えなかったことを思って。

何を作ろうか、いろいろ考えた。自慢じゃないけれど、あたしは料理はぜんぜんできない。こっそり練習しようかとも思ったけれど、それはあたしらしくない。やめた。

それで、桃サンドを作ることにした。

オレンジ色の冷蔵庫の野菜室を、あたしは開ける。よく熟れた桃を、そっととりだす。指でもって皮をていねいに剝《む》く。熟れているので、きもちよく、大きく、剝ける。

まな板に、はだかの桃を置き、ペティナイフできりとる。うすべったいまんまるに、きってゆく。種は残し、たっぷりとおつゆを含んだ果肉が幾片かできたら、こんどは食パンを冷凍室からとりだす。いつものようにトーストしないで、レンジでチンする。

ほどよくふわふわになった食パンに、バターだのジャムだのはいっさいぬらないで、ただきりとった桃をのせる。ぎっしりのせたら、食パンを半分におる。

はい、桃サンドのできあがり。言いながら、お皿にのせたそれを、ちかちゃんにさしだした。おもしろーい、と言いながら、ちかちゃんは、かぶりついた。桃のおつゆが白いお皿にこぼれた。

パンの耳で受けるようにして、おつゆはできるだけこぼさないようにねっ。あたしが言うと、ちかちゃんは食パンをぎゅっと握りなおした。それから、無心にむしゃむしゃと桃サンドを食べた。勢いよく、食べた。

おつゆはもうしたたらず、桃サンドはひとかけら残らずちかちゃんのおなかの中におさまった。

おいしかったよ。ちかちゃんは言い、にっと笑った。よかった。あたしも言って、にっと笑った。


以来あたしはちかちゃんに会っていない。バイトも、違うコンビニエンスストアに移った。ときどきちかちゃんからは、メールがくる。あたしはさっと返事をかえす。ごくふつうの、ほどよい距離感の返事。

夏が終わる前に、あたしは一人で桃サンドを作ってみた。小学校のころに、あたしが発明したのだ、桃サンドは。

当時は、こんなにおいしいものはないと思っていた。久しぶりに食べてみると、さほどおいしいものではなかった。ちかちゃんの料理のほうが、百倍も千倍もおいしい。あたりまえなんだけれど。

おつゆをこぼさないようにねっ、なんてちかちゃんには注意したくせに、あたしはやたらにおつゆをこぼした。お皿の上だけにじゃなく、服にもいっぱいこぼした。桃のおつゆって、洗濯してもとれないんだよね、と思いながら、あたしはかまわずこぼしつづけた。顎《あご》から喉《のど》から首の下の方まで、べたべたになった。甘い匂《にお》いがするよ。そう思いながら、あたしは桃サンドをゆっくりと食べた。ちかちゃんに、やっぱり「好き」と言えばよかったのかな、と後悔した。でも告白できたとしても、それはきっとただの自己満足なんだ、と思いなおした。

夏はもう終わり。ちかちゃん、愛してたよ。

つぶやきながら、あたしは桃サンドをおしまいまで食べた。桃の甘い匂いは、それからしばらくのあいだ、あたし一人の部屋の中に、漂っていた。

草色の便箋《びんせん》、草色の封筒

いすずさんは少女漫画家だ。二十五年前にデビューして、そりゃあ人気があったのよ。というのは、本人の言。仕事はとぎれずにあったみたいだし、一部根強いファンはいたけれど、あれよね、いわゆるマニア向けっていうの？　単行本の売り上げなんかは、どちらかっていうと少ないほうのタイプだったのよね。というのは、義姉《あね》の言。

いすずさんは、あたしのおにいちゃんの奥さんの、いちばん上のお姉さんだ。なんだかちょっとわかりにくい関係だけれど、まあようするに、けっこう近い親戚《しんせき》、でも血はつながってない、というあいだがら。

いすずさんとの初対面は、おにいちゃんの結婚式だった。ふつうは親族のテーブルって全部で二つ、それぞれに婿《むこ》側と嫁側の親類がかたまって座るはずなのに、全員が座りきれなかったために、三つめの、両方の親類がごっちゃに混じったテーブルがしつらえられたのだ。なにしろ、あたしのところは兄弟姉妹が全部で五人、いすずさんのところは六人という、大所帯だったから。

いすずさんは、ものすごくつまらなさそうに伊勢海老《いせえび》のグラタンをつついていた。あたしは伊勢海老なんてめったに食べたことはなかったので、つつき散らされた伊勢海老を、物欲しげに眺めていた。

「あげようか?」いすずさんは聞いたのだ。

「うん!」とあたしは答えた。

そのきっぱりした答えかたが気に入ったのだ、といすずさんは後になって教えてくれた。

あたしのほうは、いすずさんの、なんだかこう、アンニュイな感じに、心ひかれていた。大人の女だなあ。当時中学を卒業するまぎわだったあたしは思った。そりゃあそうだ。いすずさんは、当時すでに四十過ぎ。大人でなくて、何だというのだ。

でも、いっぽうでいすずさんには、育ちきれていない少女のような「何か」があった。中学生の子供に「何か」などと言われて嬉《うれ》しいかどうかはさておき、確かにその後いすずさんと深く知り合うにつれ、いすずさんが育ちきっていないことは明らかになる。

だってわたし、少女漫画家だもの。いすずさんは言う。それって、よそのまっとうな少女漫画家に悪いんじゃないの。あたしが言い返すと、いすずさんは、ふっ、と笑う。

そうそう、いすずさんは、ベレー帽もかぶっている。永遠の少女にして、ベレー帽。向かうところ敵なしの、いすずさんなのである。

いすずさんは、記念品を集めるのが大好きだ。ジョルジュ・ドンの出たバレエ公演の切符。「ヴェニスに死す」の初上映時の切符。「ロッキー・ホラー・ショー」の舞台の切符。

「みんな、あたし、知らない」と言うと、いすずさんはため息をつく。

「きれいな人たちが、いっぱい出てくるのよ」

きれい、というのが、いすずさんのキーワードだ。きれいなものはみんな好き。

そう公言するいすずさんの部屋は、茶色と白で統一されたシンプルな部屋だ。窓にはアンティークレースのカーテンがかかり、机と椅子《いす》も、前々世紀イギリスのアンティーク。台所用品も変わっている。いやに重いほうろうのボールに、年季の入った泡だて器。お鍋《なべ》は銅で、ポットはアイルランド製だという、ぽったりした形の茶色。

いすず姉さんは乙女チックだから、と、義姉、すなわちいすずさんの末の妹は言う。違うわよ、わたしは乙女チックなんじゃなくて、可愛《かわ》いシックなの。いすずさんは意味のわからない反論をする。いすずさんは直接妹に反論しない。あたしに向かってこぼすばかりだ。

「世間さまは、誰にも迷惑をかけずおのれに従って静かに生きてゆくだけの老嬢を、どうして温かく見守ってくれないのかしら」ぶつぶつと、いすずさんは言う。

「老嬢」びっくりして聞き返すと、いすずさんはにっこりした。そうよ。そんな年とってなくとも、ゆき遅れの女は老嬢って呼ばれてたの、昔は。真名《まな》ちゃん、赤毛のアンとか、読まないの。

「赤毛のアンは、乙女チックじゃないの」聞くと、いすずさんは静かに首を横に振った。

「赤毛のアンのアイテムだけを愛する人は乙女チックだけど、お話それ自体を愛する人は可愛いシックなのよ」

やはりよくわからない反論だ。それでもあたしはいすずさんが好きで、しょっちゅういすずさんの部屋に遊びに行く。もうすぐ締め切りなんだけど。でもいいわ、真名ちゃんなら。そう言いながら、いすずさんは迎えてくれる。

ほんとうはこのごろはほとんど締め切りなんてないのよ。義姉はいつか教えてくれた。そおですか。あたしはにこやかに受け流したけれど、心の中では、実の妹にばかにされているいすずさんが、いとおしくてたまらなかった。

あたしがいすずさんを守らなきゃ。一介の高校生にそう思われて嬉しいかどうかはさておき、あたしは強く決意したのだった。

いすずさんのコレクションの中には、地下鉄の切符もある。

まんなかに太いすじの入った、簡素な切符。かたちはみんな同じだけれど、黄色ときみどりとうすむらさきの、色ちがいの三種類である。

「これ、なに」聞いたら、いすずさんはやさしい声で、

「カルネ」と答えた。

「なにそれ」

「あのねえ、パリのメトロとバスの共通回数券」

ああなんだ、地下鉄の切符か。あたしが答えると、いすずさんは不満そうに、

「メトロとバス」と訂正した。

黄色が、二十五年前にパリに行ったときのでしょ。きみどりは、七年前の。うすむらさきは、ついこの前のよ。ときどき、モデルチェンジして色を変えるのね。いすずさん、最近パリに行ったんだ。あたしが驚くと、いすずさんは、そうよ、とすまして答えた。お金、あるんだ。また驚くと、あんまり、ないんだけど。いすずさんは、もそもそ答えた。

「パリって、きれいなの?」

あたしは聞いてみた。そうよ、あんなにきれいな街は世界じゅうさがしてもないわ。いすずさんのそんな答えを予想しながら。でもいすずさんの言葉は、ぜんぜん違った。

「ううん、パリって、犬の糞《ふん》はいっぱい落ちてるし、暗いし、寒いし、最近じゃ暑いし、人はつんつんしてるし、建物は威圧的だし、ぜんぜんきれいじゃない」

そうなんだ。いすずさんの答えに気圧《けお》されて、あたしはつぶやいた。きれいじゃ、ないんだ。

「そうなのよ。きれいじゃないし、人は意地悪だし、フランス語なんて、喉《のど》の奥で妙に豪奢《ごうしゃ》な音たてるへんな発音のものだし。でも、わたし、パリが好きなのよ」

喉の奥の豪奢な音。あたしはぼんやりと繰り返し、いすずさんの顔をじっと見た。

「ねえ、真名ちゃん、このごろあんまり来ないのね」いすずさんに言われた。

ほんとうに、いすずさんのところを訪ねるのは久しぶりだった。あたしは、恋をしていたのだ。いや、過去形には、まだ、なっていない。恋をしているのだ。たぶん。

相手は大学生で、合コンで知り合った、といえば、いかにもすぐに終わりそうな恋だけれど、あたしにとって、男の子と深くつきあうのは初めてのことだ。必死にもなろうというものだ。

恋は、三ヵ月続いた。いや、続いている。たぶん。智之《ともゆき》はあんまり質《たち》のいい奴《やつ》じゃない。それはわかっていた。最初から。でもあたしは、好きになってしまった。

「男の子？」いすずさんは聞いた。

いすずさんには、わかってもらえないだろうなあ。あたしは思いながら、軽く頷《うなず》いた。

「どんな子？」いすずさんはにこにこしながら聞いてくる。

べつに。あたしは気のない口調で答えた。いすずさんは、ふっ、と笑った。

あたしはむっとした。男と女のことなんて、いすずさんはわかるはずないくせに。

そんなふうに思いながら。

「いすずさんて、恋人、いる？」意地悪な気持ちになって、あたしは聞いた。

「いたことも、あった」いすずさんはちょっと、おずおずと、答えた。

恋人なんて、ほんとにいたの？　あたしはますます意地悪な気持ちになりながら思う。

「じゃあ、セックスとかも、した？」

「ま、まあ」いすずさんは顔を赤くして答えた。

いすずさんに八つ当たりしているんだ、ということは、本当はわかっていた。でもあたしは自分を止めることができなくなっていた。どんな人だったの。どうして別れちゃったの。最後にセックスしたのは、いつ。やつぎばやに、あたしは聞いた。なんてあたしって下劣な人間なんだろう、と思いながら。

いすずさんは、どの質問にも、きちんと答えてくれた。しごく真面目《まじめ》な表情で。

「性質のいい人だった。奥さんがいたから。セックスは、もう十五年くらい、してない」

あたしは居たたまれなくなって、いすずさんの部屋を走り出た。ばか。あたしのばか。あたしは何回も自分をなじりながら、大通りを走り抜けた。

智之とは、そのあとすぐに別れた。

別れたけれど、あたしはあれ以来、いすずさんのところへは行けなくなってしまった。

「いすず姉さん、入院したんですって」

ある日、義姉が、なんでもないような調子で言った。

「え」あたしは大きな声を出した。

「やだ、ただの盲腸よ」

ほっと胸をなでおろしながら、でも急にいすずさんのことがものすごく心配になった。一人で病院に行き、一人で入院したんだろうか。術後の痛みは大丈夫なんだろうか。腹膜炎を併発したりしていないだろうか。

あたしは病院にお見舞いに行こうかどうしようか、迷った。最後にようやく決心して、野の花を束にしたもの（いすずさんはそういうのが好きだろうから）を持って病室に行った。でもいすずさんはいなかった。前の日に退院してしまっていたのだ。

花の束を持ち帰り、あたしはまた悶々《もんもん》とした。いすずさんの部屋を訪ねてみようか。いい仲直りの機会だし。

でもあたしは行けなかった。自分が、許せなかったのだ。それから、ちょっとだけ、いすずさんのことも。

大人のくせに、大人でないいすずさんのことが、あたしは心の奥底で、憎かったのだ。そしてまた、大人でないくせに、本当は大人なところも。

結局高校を卒業するまで、あたしは一回もいすずさんを訪ねなかった。

郵便受けから手紙を取りだすと、中に一通、草色の封筒があった。いすずさんだ。あたしは直感した。

かさこそと封を切ると、中から草色の便箋《びんせん》が出てきた。

「真名ちゃん」と手紙は始まっていた。

真名ちゃん。

大学入学、おめでとう。お祝いが遅くなってしまって、ごめんなさい。わたし、ちょっと、傷ついちゃったんですね。恥ずかしながら。でももうだいじょうぶです。あれしきのことで傷ついてちゃ、仕事もできませんものね。

わたしは恋は苦手だけれど、やっぱりきれいなものは好きだから、きれいな漫画を描くべくがんばります。

いろいろ考えたけれど、お祝いは同封のものにしました。お金をためて、いつかパリに行って下さい。

　モデルチェンジして次の色に変わる前に、ぜひ行ってみて下さい。

　そんな文章の手紙と一緒に、うすむらさきのカルネが十枚、入っていた。

　ああ、いすずさんだ。あたしはほっと息をついた。

　パリに今に一緒に行きましょう、でもなく、パリに行くつてを探してくれる、でもなく、回数券を一綴《つづ》り、というところが、まったくもっていすずさんだった。

　いすずさん、とささやきながら、いすずさんをそっとだきしめてあげたくなった。

　若輩の大学生に、それも女に、そんなことをされて嬉しいかどうかはさておき。

　次のいすずさんのお誕生日には、今度こそ野の花を束にして、いすずさんの部屋を訪ねよう。あたしは思った。そうだ。プレゼントは、新しいベレー帽にしよう。

　それも、思いっきり派手な赤がいい。

　いやあね、赤なんて、わたしまだ還暦じゃないわよ。いすずさんは怒るかもしれない。でも、かまわない。赤は、向かうところ敵なしの、永遠の少女の色ですから。

　そう、言い返してあげよう。

草色の封筒に草色の便箋をしまいながら、あたしはもりもりと勇気が湧《わ》いてくるのを感じた。また恋をしよう。あれ以来、あたしは恋をしていない。でもこれで、もう、できる。パリはやっぱりまだ興味ないけど、行くからね。うすむらさきのカルネを掌《てのひら》の中に握りしめながら、あたしは思う。お金ためて、きっと行くからね。いすずさん。

クレヨンの花束

「はい」と差し出されたその紙のまんなかには、茶色いクレヨンで何かが描かれていた。

「くれるの？」と聞くと、尚《なお》くんは頷《うなず》いた。

あたしの半分ほどの大きさもないてのひらで、ぎゅっと尚くんが握りしめたその紙の、握っていたところは、少しにとにとしていた。広げてみると、茶色いものは、どうやら四本足の動物のようだった。

「いぬ？」と聞くと、尚くんはかぶりをふった。

「ねこ？」

「ライオン？」

尚くんは、口を結んだまま、かぶりをふりつづけた。

「降参、おしえて」と言うと、尚くんはちょっとだけ泣きそうな顔をした。

うしだよ。尚くんは言った。言いながら、尚くんはあとじさり、台所の方へひっこんでいってしまった。子供って、なんだか苦手だなあ。あたしは思いながら、尚くんのくれた紙をあらためて広げた。やっぱりこれ、ぜんぜん牛に見えないよ。

尚くんは、姉の子供だ。姉は義兄《あに》と旅行中なのだ。義兄が浮気をして、怒り心頭の姉が尚くんを連れてこの家に戻って来、すると義兄があわてて迎えにきて、その結果の、義兄によれば「仲直り旅行」、姉によれば「最後のお別れ旅行」に、二人は昨日出発していった、というわけだ。

尚くんは、あんまり口をきかない。家の中を走り回ったり、瀬戸物を壊したり、猫をいじめたりは、決してしない。いつも少しだけ濡《ぬ》れた目をしている。手をつなぐと、しっとりしている。息のにおいが、甘い。

牛の絵を、あたしはもう一度、眺めた。茶色くて、ぼわぼわした輪郭で、つののあるべき場所には、おひさまらしきものが、唐突に描きこまれている。

あたしはため息をついた。

ため息をついたのは、だけど、尚くんのせいじゃない。

あたしには、好きな人がいるのだ。立原先輩。大学のハイキング部の三年生で、ニットのキャップがものすごくよく似合って、背がちょっと低めで、笑った顔がなつかしい感じの人だ。

「ハイキング部って、なにそれ」と、姉には笑われた。

「山のぼって、お弁当食べて、帰ってくるの」答えると、ますます笑われた。

立原先輩の、歩く姿が、あたしは好きだ。それから、目的地に着いてから、一服だけ煙草《たばこ》をのむ、ゆったりとした様子も。

立原先輩は、どんな場所にいても、くつろいでいるようにみえる。息のきれる斜面をのぼっているときも、部室でみんなで喋《しゃべ》っているときも、ゼミの発表をしているときも（前にこっそり教室の窓越しに覗《のぞ》いてみたのだ）、からだを不必要にふくらませてみたり、気持ちをあちらこちらにびびっと投げつけたりすることなく、ありのままのかたちを保って、そこにただいるようにみえる。

あたしは、一回だけ立原先輩の部屋に行ったことがある。飲み会で酔っぱらって、なんとなく先輩についていったら、お茶をごちそうしてくれたのだ。くつろいだ様子で。

「酔いがさめたら、送っていってあげるからね」と先輩は言った。

あたしは悲しかった。そのときはもうはっきりと、立原先輩が好き、と思っていたから。

立原先輩の肩に、あたしは酔ったふりをして寄りかかってみたけれど、先輩はただ肩を貸してくれただけだった。キスもしてくれなかったし、頭を撫《な》でてもくれなかった。

立原先輩には、恋人がいる。中学時代からのつきあいの、彼女。短大を出て、もう就職しているらしい。誕生日に彼女がくれたという、茶色い革のおさいふを、ついこの前も、立原先輩は持ってきていた。

「でもおれ、財布って、すぐどっかにやっちゃうからなぁ」と言いながら、立原先輩はみんなで入った喫茶店でもらったおつりの小銭を、上着のポケットに無造作に入れた。

せっかくのおさいふが泣きますよ。あたしが言うと、立原先輩は、そうか、と言いながら、小銭を革のおさいふに入れなおした。あたしは、どんな顔をしていいのかわからず、しかたなく曖昧《あいまい》な感じにほほえんだ。立原先輩も、つられたように、笑った。

胸が痛んだ。果物絞り器でぎゅっとしぼられているように、あたしの胸は、痛んだ。

姉が旅行から帰ってきた。

「ねえ、やりなおすのよね？」と母が聞いても、姉は何も答えない。義兄と二人で旅行に行く前には、そのへんにいる家族をつかまえては、やたらと八つ当たりしたりいきまいたりしていたのに、帰ってきてからは、妙に静まりかえっていて、父も母もあたしも、腫《は》れものにさわるような感じで毎日を過ごしている。

尚くんは、いちにちじゅう姉にまとわりつくようになっていた。

「また馬の絵、描いてよ」などとちょっかいを出してみても、姉のうしろにまわって、隠れてしまう。

「うまじゃなくて、うしなの」小さな声で、姉のふともも越しに答える。

立原先輩は、ここのところしばらくクラブに顔をだしていない。三年生って、今ごろの時期は忙しいんですか？　立原先輩と同じクラスの南先輩に聞いたら、南先輩は、羨《うらや》ましそうな口調で、

「白馬だってさ」と答えた。

白馬なんて、ちゃんとした登山ですね。言うと、南先輩は、さっきよりももっと羨ましそうに、

「登山じゃなくて、彼女との旅行」と言った。

ほんの少しだけ、いやな予感はあった。でも、会社勤めの彼女は、簡単にお休みなんかとれるはずがないと、ちょっとだけたかをくくっていた。

「仲、いいんですね」あたしが言うと、南先輩は頷いた。立原って、いい奴《やつ》だから。いい奴には、いい彼女がつくんだよなあ。

「会ったこと、あるんですか？」あたしは聞いた。

美人、っていうんじゃないんだけどさ。感じいいの。大人だし。あと、胸がでかかったよなあ。

南先輩の言葉を聞いたその瞬間、あたしは世界じゅうの「でかい胸」の女の人を

うらやんだ。それから、世界じゅうの「美人じゃないけど感じいい」女の人も。

「つきあい、長いんですってね」なんでもないふうをよそおって、あたしは聞いた。

「立原が就職したら、結婚するらしいよ」南先輩は答えた。

ねえ、今度映画でも見に行かない。南先輩は軽い調子でつづけた。遠い場所から聞こえてくる声みたいだった。体のどこかにあいた穴から、血がどんどん抜けてゆくような感じだった。

立原先輩の彼女を直接知らなくてよかった。あたしは思った。もし知っていたなら、あたしはきっとその人を憎んでしまう。

いいですよお。軽い調子で、あたしは南先輩に答えた。自分の声も、どこか遠くで響いているものみたいに思えた。

やったね、と南先輩が言った。遠い場所にいるあたしも、ひとさし指と中指とで、ピースマークをつくった。穴からは、まだどんどん血が流れつづけていた。

「お義兄《にい》さんと、どんなふうに両思いになったか、覚えてる?」あたしは姉に聞いた。

は？　というかたちに口をあけながら、姉はあたしを見た。

「すごく、好きだった？」

「昔のこと思い出して、やり直せって、言ってるの？」姉はぼそぼそと聞いた。

「ちがう。ただ、聞いただけ」

尚くんが姉の膝《ひざ》にのぼってきた。姉はしばらくあたしの顔をじっと見ていた。尚くんは姉の膝にちょこんと腰かけ、食卓の上の画用紙に、黄色のクレョンを走らせはじめた。

「そりゃあもう、熱烈だったわよ」姉は、なげやりな感じに言った。尚くんが首をもたげ、姉を見上げる。

「どうしたら、好きな人に好きになってもらえるのかな」姉の方は見ずに、一人ごとのように、あたしはつぶやいた。

尚くんが、赤いクレョンを手にとった。

「運ね」考えかんがえ、姉は言った。

「運か」

しばらく、あたしたちは黙った。尚くんは、今度はだいだい色のクレョンを握りしめ、こすりつけるようにして描きはじめる。

「あのね。好きになってもらうのも運しだいだけど、好きでいつづけてもらうことも、運にまかせるしかないみたい」姉がぽつりと言った。

そうか。あたしは答えた。姉はぼんやりとあたしの顔を見た。あたしも、同じようにほうけた感じで姉を見返した。

ねえ、できたよ。尚くんが言う。姉は答えなかった。それ、何かな？　あたしは聞いた。あてて。尚くんが言った。

明るい絵だった。でも、何が描かれているのだか、さっぱりわからなかった。おつきさまとおほしさま？　ごちそう？　どうぶつえん？　おかあさんとおとうさんと尚くん？

尚くんは全部にかぶりをふった。

「おはな」尚くんは、言った。

そう言われてみれば、たしかにそれは花だった。赤と、黄色と、だいだいと、群《ぐん》青《じょう》の、きれいな花束。

「あげる」尚くんは、あたしに紙をさしだした。

ありがとう。あたしは真面目《まじめ》にお礼を言った。紙は、ちょっと湿っていた。尚くんの手のしめりがうつったぶんと、あと、よだれが少したれたぶんと。ありがとう。姉も、言った。おかあちゃんには、あげてないよ。尚くんが目を丸くしながら、言った。いいの。もらったつもり。姉は言い、尚くんを少しだけ抱きしめた。尚くんは、おとなしく抱かれていた。それから、すべるように、姉の膝から床へとおりたった。

義兄がおととい来て、父母に頭をさげ、姉と尚くんを連れて帰った。姉はまだなんだかぼんやりしたままだった。

「また、絵、描いてね」別れぎわ、尚くんに言ったら、尚くんは少し考えて、「うし、もっとうまくかくね、こんど」と言った。

姉が帰っていってからも、母はときどき、「おねえちゃんとこ、ちゃんとやってるかしらねえ」と、心配そうにあたしに言う。「運しだいなんだってさ」と答えると、母はぎょっとした顔になる。

彼女との旅行から帰ってきた立原先輩に、あたしはふつうに笑って話をすることができた。尚くんの花束の絵を、あたしは茶色のふちの額にいれて、部屋の壁にかけた。立原先輩のことを思って胸がきゅっとなるとき、あたしは尚くんの絵をじっと眺める。

黄色と赤とだいだいと群青とが、親しげに混じって、ぺちゃくちゃと喋りあっているようだ。立原先輩を好きな気持ちは、どこへもまだ行っていない。あたしの胸の中に、同じ大きさである。

運がなかったからしょうがないよね。あたしは心の中で思う。それからまた、尚くんの絵を眺める。

額の中で、花々が春らしく咲き満ちている。姉と義兄の今後の運を願って、あたしは軽くてのひらをあわせた。おはな、とってもきれいだね。あたしはそこにいない尚くんに向かって、話しかける。うん。姿のみえない尚くんが答える。それから、すぐに向こうへ行ってしまう。子供の甘い息のにおいが、ちょっとの間だけ部屋に満ちて、消えた。

月火水木金土日

あけびの蔓《つる》で編んだものなんですよ、と、店の人は言っていた。

こげ茶の、ごつごつしたその買い物籠《かご》は、先週の土曜日に近所の金物屋で買った。店の棚の奥にほっぽってあるのを去年の暮れにみつけて以来、ずっと気になっていたのを、ついに決心して購入したのである。

籠の値段自体は、決心、というほどのものでもなかった。でも、わたしはものすごく迷うたちなのだ。「そ、その籠見せて下さい」と、店のおじさんに頼んだあと、おじさんが「はいはい」と言いながら籠を引っぱりだし、てぬぐいで埃《ほこり》を払ってくれている最中にも、「やっぱり、い、いいです」と言いそうになった。「やっぱり」と言いはじめたあたりで、おじさんがくるりと振り向いて籠をわたしの手に押しつけるようにしたので、言いやめることができたのだ。

部屋に持って帰ってきて、玄関の小さなくつ箱（材木屋さんで木片をもらってきて、わたしが自分で作った）の隣に置くと、思った通り、とてもしっくりときた。胸をなでおろしながら、わたしは夕飯のソーセージとキャベツの煮こみの支度にかかった。

最初にその声がしたのは、水曜日の朝だった。バイトに行こうと、くつ箱から白い運動靴をだしたとたんに、「雨が降るから、もっと水のしみない靴にしなさいね」という声が、どこからともなく聞こえてきたのだ。

尻《しり》もちを、ついてしまった。

しばらく周囲をきょろきょろみまわし、ワンルームの部屋の方まで戻ってたんすやベッドの下を確かめ、念のためにベランダにも出てみたけれど、誰もいなかった。気を落ちつかせるために深呼吸を何回かした。それでもまだどきどきしていたので、牛乳を一杯レンジで温めて飲み、飲みおわったコップをぐずぐず洗ってぐずぐずふき、ぐずぐずもの入れに戻した。

ようやく決心がついたので、玄関に戻ってみた。おそるおそる運動靴をはいたが、声はしなかった。いそいで扉をあけ、鍵《かぎ》をしめ、はやあしで駅まで行った。駅に着く前に、声が言ったとおり、ぽつりぽつりと雨が降りだした。

次に声がしたのは、金曜日の昼だった。バイトは遅番だったので、少し寝坊をした。ご飯を食べる暇がなくなって、前の晩にあけたビスケットの包みから、チョコビスケットを二つつかみだし、白い運動靴をはきながら、一つをかじっていた。

「お行儀の悪いこと」

水曜日と同じ声だった。少し歳《とし》のいった、女の人の声。

ひゃっ、と息をのんで、またわたしは尻もちをついた。

怖くて怖くて、動けなかった。水曜日は、そら耳かもしれないと思っていたので、まだよかったのだ。でも、そうじゃないということが、これでわかってしまった。

「怖がること、ないのに」声は、そうつづけた。

こ、こわいもん。思わずわたしは答えていた。

答えながら、声がどこからするのか、こっそり確かめた。もしかしたら、盗聴器みたいなものが仕掛けられているのかも、と思いついたので。

「そんなもの、どこにも仕掛けてないわよ」とたんに、また声がした。

ひゃあ、とわたしは叫んだ。両手で耳をふさいだ。目も、つぶった。からだも海老《えび》のようにまるめ、玄関先でじいっとかたまってしまった。

それから、そろそろと目をあけた。

どう考えても、籠だった。声の、でどころは。先週買った、あけびの蔓で編んだ、こげ茶の、籠。

「そうよ」声がほがらかに言った。ひっ、とわたしはまた言い、でも、ほんの少しだけ、からだを柔らかくした。耳にぴったり当てていた手も、はずした。耳をふさいでいても、声は聞こえてくるみたいだったし。

あなた、誰なんですか。わたしは聞いた。しばらく、答えはなかった。おそるおそる運動靴をはきかけたところで、ようやくまた声がした。

「あたしは、あたしよ」

自信に満ちた声だった。圧倒されて、それ以上何も聞けなくなった。急いで運動靴の紐《ひも》を結び、外へ出た。よく晴れた青い空が、目の前に広がっていた。

それからは、声はひんぴんと聞こえるようになった。朝起きて新聞を取りにゆくときに、まず一言。バイトに出るときにも、一言。帰ってきて、一言。掃除の最中に、一言。昼間ベランダを開け放して風に吹かれながらうたた寝していると、一言。だんだんに、わたしは慣れてきた。たびたびだったから、というのもあったけれど、声の喋《しゃべ》る内容が、なんだかものすごく、親類のおばさんみたいだったから。

「女の子はそんな小さなパンツはいてちゃだめよ、おなかが冷えるでしょ」だの、「もっと姿勢よく歩きなさい」だの、「今日はいつもの迷いぐせがでなくて、おりこうだったわね」なんていうことばかり、声は喋った。怨念《おんねん》めいたことや、人を怯《おび》えさせるようなことは、ぜんぜん言わなかった。親類のおばさんだけあって、疲れたときなんかには時々お説教くささが鼻につくこともあったけれど、おおむねは気軽に聞き流すことができた。

わたしはひそかに「籠おばさん」という名を、声につけた。

最初のうち籠おばさんは、わたしの気質、というのだろうか、バイオリズム、というのだろうか、そういう微妙な、日々の気分の変動を、あんまりわかっていないようだった。疲れているときにくどくど話しかけてきたり、はんたいに、人恋しくてわたしが誰かと喋りたい気分なのに、黙りこんだままだったりした。

けれど、一ヵ月もたつうちに、籠おばさんはすっかりわたしの気持ちの起伏をのみこんだようだった。しょんぼりしていると、籠おばさんは優しい声で「明日はよく晴れるわよ」と言ってくれた。バイト先の、わたしが片思いをしている店長と親しく話すことができてうきうきしていたときには、「油断大敵、禍福《かふく》はあざなえる縄のごとし」なんてささやいて、興奮をさましてくれた。

毎日バイトに出かけるとき、わたしは自分から籠おばさんに「いってきます」と挨拶《あいさつ》をするようになった。帰ってきたときには「ただいま」、眠る前には、電灯を消したあと玄関の方に向かって「おやすみ」と呼びかけた。

籠おばさんのいる日々に、わたしはすっかりなじんだ。あけびの蔓の籠が部屋にあるかぎり、ずっと籠おばさんはわたしと一緒なのだと信じこんでいた。籠おばさんが突然消えてしまう、あの日までは。

今にも雨が降りだしそうな、木曜日の朝だった。

白い運動靴をはこうとすると、籠おばさんは「雨が降るから、もっと水のしみない靴にしなさいね」と言った。あれ、このせりふ、前にも聞いたことがあるなと、一瞬思った。

時間がなかったので、籠おばさんの言葉には従わず、そのまま玄関の扉を乱暴に閉めた。がちゃりと鍵をかけ、走りだした。鍵をまわしている最中に、籠おばさんの声が聞こえたような気がしたけれど、よく聴きとることができなかったし、急いでいたので、そのまま部屋を後にした。

帰ってきて、籠おばさんに「ただいま」と声をかけた。籠おばさんは黙っていた。今日は機嫌が悪いのかなとちらりと思ったけれど、気にとめなかった。そのときは、朝のことは忘れていた。

翌日も、翌々日も、籠おばさんは無言だった。籠に顔を寄せるように話しかけても、しんとしていた。わたしはあせった。どうしよう。籠おばさん、いなくなっちゃったの？

急激に、淋《さび》しさがやってきた。前は平気で一人で暮らしていたのに、籠おばさんがいる生活にすっかり慣れてしまった後では、一人でいることの孤独が身に沁《し》みた。

その翌日も、そのまた次の日も、籠おばさんが戻ってこないかと、わたしはそわそわ籠を覗《のぞ》きこみつづけた。でも籠おばさんは帰らなかった。

どこ行っちゃったの。

わたしは何回も、あけびの蔓の籠に向かって問いかけた。答えは、なかった。

籠おばさん、本当にいなくなっちゃったんだ。

一ヵ月ほどたった火曜日の朝に、わたしはしみじみと思った。

あの木曜日の朝、籠おばさんが最後にわたしに言おうとしたのは、どんな言葉だったんだろう。わたしはくよくよ思いわずらった。思いわずらっても、籠おばさんはもう何も答えてくれなかった。

あけびの蔓の籠を見るたびに籠おばさんのことを思いだすので、わたしは籠を押入れの天袋の奥にしまいこんだ。年が変わり、さらに時間が流れ、やがてわたしは籠おばさんのことを忘れた。一人でいることにも再び慣れ、店長がずっとつきあっていた恋人と結婚したときにも、さほど嘆かなかった。

ときおり忘れものをしたような気持ちになってものすごく淋しくなることもあったけれど、こみいった料理を作ったりお風呂場《ふろば》の目地《めじ》の汚れを古ハブラシでこすったりしてやり過ごす、といった類《たぐい》の一人暮らしの知恵を駆使して、乗りきった。いつの間にか、三年がたった。

あれは、月曜日の夕方のことだった。

「ひさしぶり」という声がしたのだ。

籠おばさんだ。

すぐに、わかった。でも、そこはわたしの部屋ではなかった。バイト先の近くにある雑貨屋さんに置いてある小箱の中から、声は聞こえてきたのだった。

「おばさん」わたしは大きな声を出した。店じゅうの人が、こちらを見た。しっ、と籠おばさんは言った。あわててわたしは口をつぐんだ。それから、小声で「どこ、行ってたの」と聞いた。

籠おばさんは、しばらく黙っていた。でもわたしはあせらなかった。きっと籠おばさんは喋ってくれると信じていたから。

「大人になったのね。それから、迷いぐせも、少しなおったのね」しばらくしてから、籠おばさんは静かに言った。

わたしは無言で頷《うなず》いた。

「もう、心配ないわね」籠おばさんは続けた。

わたしはまた、頷いた。

今こそが籠おばさんと喋る最後の機会なのだということが、なぜだかわたしにはわかっていた。

「ありがとう」わたしは言った。

「あら、あたし、特別なことは何もしてないわよ」籠おばさんはさばさばと言った。

「そうね。でも、ありがとう」わたしは繰り返した。

籠おばさんは、ふふ、と笑った。籠おばさんのちゃんとした笑い声を聞くのは、初めてだった。わたしも一緒に、ふふ、と笑ってみた。

それから、籠おばさんは、消えた。今度こそ、ほんとうに。きれいさっぱり。未来永劫《えいごう》に。

日曜日の昼などに、ときおりわたしは籠おばさんのことを思いだす。あけびの蔓の籠は、また天袋から出してきた。籠おばさんは、やっぱり二度とあらわれなかった。いったい何のためにわたしのところに来たんだろうと、ときどき思う。思いながら、ちょっと泣く。笑うことも、ある。急に豆料理がつくりたくなって、白いんげんを水にひたすことなんかも、ある。

迷いぐせはまだ完全にはなおらないけれど、わたしは一人でけっこう楽しく生きている。あけびの蔓の籠は、出かけるときなどにときどき提げて歩く。空は青くて、鳥はちくちく鳴く。できるだけ姿勢よく、わたしは歩いてゆく。籠おばさん、ほめてくれるかな。そう思いながら。

卒業

じいっと美崎《みさき》さんの胸を見ていたら、

「堤《つつみ》さんたら、あたしの胸、そんなふうに見るんだあ」と、美崎さんに言われた。

美崎さんとは今年初めて同じ組になった。組が三つしかない中高一貫の女子校の、入学六年めまで同じ組になったことのなかった人は、美崎さんを入れて四人しかいなかった。その四人全員と、今年はとうとう同級になったのである。

美崎さんは、髪も肌も目もみんな色が薄くて、まつげがものすごく長い、学年でも一二をあらそうくらいの、きれいな女の子だ。

「胸って、そんなにいいものなの？」美崎さんは聞いた。

美崎さんは、きれいなだけでなく、胸のかたちもいいのだ。そんなに大きくはないのだけれど、無駄のない曲線、というものがあるとしたら、美崎さんの胸こそそういうものだ、という感じの。

「堤さんみたいにじろじろ見る人って、男の子にも、いないよ」美崎さんは笑った。女だから、じいっと見ることができるんだよ。わたしが言うと、美崎さんは感心したように目をみひらいた。そうかあ。堤さんて、かしこいね。

みひらかれた美崎さんの瞳《ひとみ》は、澄んだはしばみ色をしていた。

美崎さんと、すぐに仲よくなった。高三になるずっと前に、女の子たちのグループはすでにがっちりと固定されていたのだけれど、わたしは三つくらいのグループにゆるく属しているだけで、なんというか「出入り自由」という位置を確保していた。いっぽうの美崎さんは、「これまでいつもあたし、一人だった。べつに全然いやじゃなかったけど」と、さばさば説明してくれた通り、ほんとうに、お弁当の時間も休み時間も放課後も、見事なくらい一人きりだった。

二人で一緒に動くようになると、幾人もの女の子たちが、こっそりわたしに美崎さんのことを聞いてくるようになった。美崎さんて、恋人がすごくいっぱいいるって、ほんとう？　美崎さんて、卒業したら女優になるってほんとう？　美崎さんて、白系ロシア貴族の血をひくって、ほんとう？

白系ロシアって、太平洋戦争の前に書かれた少女小説じゃあるまいし。美崎さんはわたしから女の子たちの質問を伝え聞くと、「がはは」という声をたてて笑いながら、そんな感想を述べた。あたしって、すでに伝説なんだね。それもこの平成の世のさなかにあって、なんかものすごくうしろ向きっぽい感じの、セピア色の。恋人もいないし、将来は薬剤師になりたいっていう地道な目標もあるし。美崎さんは言い、ちょっとため息をついた。

黙って美崎さんの肩をぽんぽん叩《たた》くと、美崎さんはまた「がはは」と笑った。堤さんて、なんか大人っぽいよね。あたしの胸見る目つきなんて、もう大人の、それもおじさんそのもの、ってくらいだったしね。

美崎さんの言葉を聞いて、わたしは叩く手に力をこめた。痛いよ。美崎さんは言い、力いっぱい、ぶち返してきた。

好きな男の人が、実はいるんだ。美崎さんに打ち明けられた。

美崎さんの弟の家庭教師で、大学の医学部の学生だそうだ。

「彼が開業医で、あたしが薬剤師って、ものすごく理想の二人でしょ」美崎さんは視線を宙にさまよわせながら、うっとりと言った。

このごろは、薬局と医院て、別々になってるよ。指摘すると、美崎さんはくちびるをとがらせた。きれいだなあ。その横顔を見ながら、思った。

美崎さんの家に遊びにいくと、ちょうど「弟の家庭教師」がいた。見せたかったんでしょ。そう言うと、美崎さんは「そうなんだあ」と答え、舌をちろりとだした。わたしはまたおじさんみたいな目になって、ピンクの清潔そうな舌先を見つめてしまった。

「家庭教師」は、なんの変哲もない男だった。どこがいいんだろう。わたしは内心で思った。それから、美崎さんと趣味が違っててラッキー、とも。

美崎さんと男を争うなんて、絶対に避けたかった。

理沙《りさ》ちゃんのお友達なんですね。そうやって二人並んでると、女の子の制服姿はいいなあって、しみじみ思いますね。僕、男子校育ちなんですよ。「家庭教師」は、にこにこしながら、言った。

ああいう、「女の子の制服姿」とかいう言葉づかいは、おじさんくさいって言わないわけ？　美崎さんに聞いたら、美崎さんは大きく頷《うなず》いた。

「だって、亭主の好きな赤烏帽子《あかえぼし》、って言うじゃない」

それを言うなら、あばたもえくぼ、じゃない？

わたしの言葉に、美崎さんは声をだして笑った。でも、その笑い声は、「がはは」ではなく「うふふ」と聞こえた。

恋ですなあ。わたしが言うと、美崎さんも、恋ですなあ、と楽しそうに答えた。

「デートするんだ」美崎さんが報告してくれたのは、二学期に入ってからだった。

何着てったらいいんだろう。キスとか、あたし、まだしたことないんだよ。ホテルは、最初は断るべきかな。

美崎さんがどんどん先走るので、どこにデートに行くの？　とわたしは聞いてみた。

「大学祭に来ないかって誘われたの」

それって、ほんとにデートなわけ？

「だと思うんだけど」

だんだん美崎さんの声がこころぼそくなってくる。

二人でじっくり研究したすえ、美崎さんの服は、胸のくりのけっこう深い、ふわふわしたワンピースに決まった。せっかくいい胸してるんだから、アピールしなきゃ。言うと、美崎さんはちょっとだけ不安そうな表情になった。

「じろじろ見られちゃったら、どうしよう」なんて言う。

ホテルに行く心配してる女が、胸を見られるくらいでおたおたして、どうするの。言いながら背中をどやしつけると、美崎さんはもっと不安そうな顔になった。

いや、そんなに緊張しないで。胸で釣るのがいやなら、違う服でもいいんだしさ。

「そうだよね。堤さんて、やっぱり大人だな」美崎さんは、ほっと息をついた。

美崎さんと「家庭教師」が歩いているところに行き合ったのは、ほんとうに偶然だったのだ。下見がてら、第一志望の大学の学祭に行ってみた、そこでばったり二人に会うなんて、思ってもいなかった。

「あ」と美崎さんが言い、それからものすごく嬉《うれ》しそうな顔で、手をふってきた。

「家庭教師」のほうは、あいかわらず若年寄ふうに落ち着きはらっていた。

行きがかりじょう、わたしたちは三人で歩きはじめた。大学祭はにぎやかで、美崎さんはきょろきょろと周囲を見まわしっぱなしだった。

「家庭教師」の視線に気づいたのは、少したってからだった。

美崎さんの、くりの深いワンピースの胸の谷間を、「家庭教師」は確かにぬすみ見ていた。美崎さんが横を向いた時に、ちらり。うしろを振り向いた時にも、ちらり。のびあがった時にまた、ちらり。かがんだ時にも、ちらりちらり。

ほら、やっぱり胸は有効だよ。心の中でわたしは拍手したけれど、同時に、なんだかちょっといやな気持ちにもなっていた。

美崎さんを、とられてしまう、感じなのかな？　自分に問うてみる。そうかも。自分よりきれいな女の子に男の子が注目するのがつまんない感じなのかな？　そうかも。

「家庭教師」がエッチくさいのに怒る、父親じみた気分なのかな？　そうかも。

いろんな気持ちが混じって、わたしはやっぱり、がぜん、いやだった。

美崎さんは「家庭教師」の視線及びわたしの気持ちに、気づいているのかいないのか、頰をきれいなピンクに染めて、興奮したおももちで、あいかわらず周囲を見まわしては、はしゃぎつづけていた。

美崎さんは、それからしばらく「家庭教師」とつきあっていたようだ。ようだ、というあいまいな言いかたをするのは、つまり、じきに本格的な受験態勢に入ってしまったので、美崎さんとわたしはゆっくり打ち明け話をする暇もなくなってしまった、からだ。でも今になって考えると、ほんとうのところ、「家庭教師」の話題は、なんとなく二人ともに、避けていたのだ。どうしてだか、はっきりとはわからないのだけれど。

受験が終わって、わたしたち二人は、めでたく第一志望の大学に進学することになった。

いよいよ薬剤師まっしぐらだね？

卒業式の日にみんなで写真をとりあいながら、隣に立っている美崎さんにこっそり耳打ちすると、意外なことに美崎さんは首を横にふった。

「あたし、薬学部じゃなくて理学部にしたんだ」美崎さんはささやきかえしてきた。

え、とわたしは驚いた。だって美崎さん、あの「家庭教師」と。

「あたし、『家庭教師』とは、結局あのあと二回しか会わなかったよ」

どうして。わたしは聞いた。どうして二回しか会わなかったの、という問いと、どうしてわたしに教えてくれなかったの、という問いの両方をふくむ、どうして。

美崎さんは何も答えずに、ただほほえんだ。いれかわりたちかわり同級生たちと写真をとりあっているうちに、美崎さんの姿は見えなくなっていた。


なんだか誰とも一緒に帰りたくなくて、わたしは一人で裏門から出た。

美崎さんが、いた。

美崎さんは、裏門のすぐ脇《わき》にある桜の下に、たたずんでいた。今年は春が早くて、もう桜が散りはじめている。無言で並び、一緒に桜を眺めあげた。

「男って、やっぱりしょせん男なんだね」しばらくの沈黙のあと、美崎さんは、ぽつりと言った。

え、何かあったの？　わたしは小さな声で聞いた。

「ううん。でもあの『家庭教師』、あたしの胸ばっかり見てた」

胸見ちゃいけないの？　わたしも、見たよ。

「こっそり見るのが、いやだったよ」

堂々と見られたら、それこそいやだよ。

「そうなのかな」

そうなのかな、と言いながら、美崎さんはくちびるをとがらせた。やっぱりきれい。わたしは思う。

「あたし、ほんとに、うしろ向きのセピア色みたいな平成になじまない、古くさい女なのかも」美崎さんはつまらなさそうに、言った。

ちがうよっ、古くさいんじゃないよっ、平成も、昭和も、大正も、明治も、女の子は、みんな変わりなく繊細なものなんだよっ。

わたしは思わず大きな声を出した。それからしばらく黙り、あらためて怒鳴った。

「家庭教師」のばかっ。ばかばかばかばかっ。

わたしの怒鳴り声を聞いて、美崎さんは笑った。久しぶりに聞く「がはは」という声だった。美崎さんが手をさしのべてきた。その手を、わたしはそっとつないだ。

しばらくまた桜を見上げ、手をつないだまま、わたしたちは歩きだした。美崎さんの手はつめたかった。わたしの手は、もっとつめたかった。

「こんなふうな感じで男の子と自然に手をつなげるのって、いつのことだろうか」

美崎さんは、ぼやいた。

じきだよ。きっと、じきなんだよ。

「でも、今の気持ち、あたし忘れたくないな」美崎さんはつぶやいた。つないだ美崎さんの手に、少しだけ力がこもった。

手、つなぐの、初めてだね。言うと、美崎さんはこくんと頷いた。

わたしも、いろいろ、忘れたくないよ。美崎さんの目をじっと見ながら、言った。

美崎さんの瞳は、やっぱり澄んだはしばみ色をしていた。

そのままずっと歩いた。風があたたかかった。忘れない。みんなみんな、忘れない。胸の中で繰り返しながら、歩いた。歩を進めるたびに、卒業証書を入れた紙の筒が、サブバッグごしに、足にあたった。風が、きりなく、桜の花びらを散らしつづけていた。

解説

吉本由美

庭木に囲まれた白い家の二階の貸し部屋を下見に行った。大家は一階に住んでいるが一人暮らしで、昼間は会社に出かけて不在、と不動産屋のおじさん（それがなんと大阪芸人白木みのる氏）が言う。おじさんは小さい体をしているが足は長くて、ひょいひょいと二段抜きで鉄階段を上る。

部屋のドアを開けると銭湯のように広い脱衣場。奥に岩風呂《いわぶろ》のようなものが見えて気になったけれど、手前に並ぶ脱衣カゴの種類の豊富さに引きつけられた。カゴ、カゴ、カゴ、カゴ。アフリカ製、アジア製、中国製、日本製、さまざまに揃《そろ》って目移りする。それらは真ん中に置かれた椅子《いす》に正座している痩《や》せたおばさんの売り物のようだ。緑と赤土色と黄色の太い縞《しま》模様に編まれたアフリカ製を買うと言ったが、いやだと言われた。

右の部屋に入ると庭になっていた。雑草がスゴイので、ここに越して来ても草刈りしなくちゃならないのかと落ち込んだ。するとその先に「とうもろこし茹《ゆ》で器」があった。アルミのタライのようなものにとうもろこしとお湯を入れて下のペダルを踏み続けると茹だるらしかった。すでにとうもろこしが入っていたので何度か踏んだら、それは途中からミシンに変わりのれんを縫い始めた。縫い上がったのれんを玄関に掛けていると、「おう」と言ってかつての彼氏が顔を出した。なんと彼氏がこの家の大家であるらしい。すると急に宴会になった。そこに彼のお母さん（とても若い）という人が駆けつけて「日露戦争のときに習った」という踊りを踊る。踊る彼のお母さんはいつの間にか私の母（こちらも若い）になっていて、大きな鋏《はさみ》で爪《つめ》を切り始める……。

これは昨年、転居先を探しているとき見た夢だ。目が覚めて、笑えたので、忘れないようメモを取った。笑った後、何かしら哀《かな》しくなった。が、何が哀しいのかはわからない。何かしら懐《なつ》かしくもある。が、何が懐かしいのかもわからない。何かに胸をきゅんとつかまれているのだが、それが何かはもちろんわからない。それでもやもやしたひとときを過ごした。夢を見た後はいつもこう。わからないわけを知りたくてメモを取るのかも知れない。

このわけのわからない感じは、川上弘美の小説によく登場する。いや、もう、住みついていると言った方がいいだろう。ごく普通の、ありきたりな生活の、そこらへんの人たちの、その中にある、わけのわからない、哀しさ、懐かしさ、切ない気分。これに可笑《おか》しみをよくまぶし、薄《うっす》らとした〝うれい〟で包んで皿に出すのが川上シェフの手腕である。

この人の手にかかると、女と熊《くま》が散歩していても「それがどうした」くらいのことで、仲むつまじくしている男女の、女のほうの顔がガブ(娘のきれいな顔がいきなり、口は裂け金色の目をむき角が出て鬼女となる文楽の特殊首)のようになっていても驚かないのだけれど、この〝うれい〟に包まれた一品が出たら、ちょっとアウトである。ぎくり、ちくちく、ずしり、である。胸が疼《うず》いて眠れなくなる。夢から目覚めた朝のようにもやもやと五臓六腑《ごぞうろっぷ》が落ち着かない。

本書『ざらざら』にはそういう一品が二十三も並ぶ。川上さんが二〇〇二年から二〇〇六年まで雑誌「クウネル」を中心に発表した掌編小説をまとめたものだ。

かつて「アンアン」や「オリーブ」で仕事をしてきた私にとって「クウネル」は遠い親戚《しんせき》のような存在で、創刊前のアンアン増刊号時代から目を通してきた。今や確固とした独得世界を手にした「クウネル」だが、テスト版である増刊号時代はどういう娘に育つのかと、外から見ていてはらはらした。しかしぴんと来るものが一つあった。

川上弘美の連載読みもの四ページだ。これを企画、獲得した編集者には先見の明があった。見開き使用の二枚の絵の上にのびのびと川上ワールドが広がっていて、「気持ちいい」空気が流れていた。他の女性誌にはないものだった。これはいけるョ、と思ったものだ。

今回通しで読んでみて、面白いことに気が付いた。「クウネル」時の絵を背景にして読んだときとは別口の味わいが生まれていたのだ、気のせいだろうか。

それまでのびやかにふわふわと宙を漂っていた人たちが、一つの家に集められ、個々の部屋に居住を強いられ、（良い意味で）ぶつぶつ発言し始めたように感じるのだ。「クウネル」では読み終わると次は二ヶ月先になるから一話一話が切れてしまう。しかし、ここ、一冊の本の中では違う話なのに繫《つな》がっていて、「ちゃんちゃん」では終わらなくて、前の話の人物のやりきれなさがそのまま次の女の子に被《かぶ》さることになる。その女の子に少し色調を変えてもらったやりきれなさは、また次の人物へと流れていく。……ような気がして、そのやりきれなさの行方が気になりだしたら目が離せなくなった。初めは一日一話読むと決めていたのが、結局一日で読み通していた。

すでにシルバーになっている立場から言わせてもらえば、本書はひとりの女性の、年代ごとの記念写真のようにも見える。ひとりひとりの心の中を覗《のぞ》き込むと、何せ二十三話もあるからそこかしこに馴染《なじ》みの感情が渦巻いていて、当時の自分が見えたりする。だから共感共鳴絶えることがないのだが、川上弘美という作者はその感情を決して直に発しようとはしない。ストレートな言葉を使ってそう見せていても、それが内心の隠れ蓑《みの》だったりする。得意技のかそけき〝うれい〟に包んでしまう。〝うれい〟に包まれた感情は夢のように薄らいでいく。かくして穏やかな日々が続く。いいような、よくないような……はっきりしない。悔しかったんだか、憎かったんだか、哀しかったんだか……もやもやする。これでいいのか、川上弘美！　怒らないのか、川上弘美！　と、短気な私は二度三度椅子を蹴《け》ったが、いや、ちゃんと、川上さんは別のところで、しっかり怒り、きっちりやり返しておられるわけだから、これはこれでいいのである。

「クウネル」の読者層は二十代から三十代。小説に登場する人たちもそのような年齢に設定されているが、ひとりだけ、異端児がいて、小学四年生の「おれ」ことすむくんである（「春の絵」）。開口一番〝女をすきになるなんて、思ってもみなかった〟なんて独白。この子には「クウネル」のときから目を付けていたが、やはり本の中にひとり立つと、ひときわ男っぽく見えてドキッとさせられる。小四のませた意気込みが、文字の間から3Dで立ち上ってくる。川上さんは息子さんを持っているせいか、子供や少年の描き方がうまい。それから名前の付け方も、とびきりうまい。本書に登場した名前を数えたら五十もあった。よく付けたなあ。名付けを楽しまれたみたいだなあ。私が一番好きな名前は「いすずさん」だ（「草色の便箋《びんせん》、草色の封筒」）。名前だけでなく、この老嬢（といっても還暦前）の人物像に強い強いシンパシーを持った。好きだ、こういうノミのふんほどのプライドを、きれいな紙に包んでだいじに大切に守っている同世代が。

（平成二十三年一月、元スタイリスト、ライター）

この作品は平成十八年七月　株式会社マガジンハウスより刊行された。

川上弘美著

センセイの鞄

谷崎潤一郎賞受賞

独り暮らしのツキコさんと年の離れたセンセイの、あわあわと、色濃く流れる日々。あらゆる世代の共感を呼んだ川上文学の代表作。

川上弘美著
吉富貴子絵

パレード

ツキコさんの心にぽっかり浮かんだ少女の日々。あの頃、天狗たちが後ろを歩いていた。名作「センセイの鞄」のサイドストーリー。

川上弘美著

おめでとう

忘れないでいよう。今のことを。今までのことを。これからのことを――ぽっかり明るくしんしん切ない、よるべない十二の恋の物語。

川上弘美著

ニシノユキヒコの恋と冒険

姿よしセックスよし、女性には優しくこまめ。なのに必ず去られる。真実の愛を求めさまよった男ニシノのおかしくも切ないその人生。

川上弘美著

古道具中野商店

てのひらのぬくみを宿すなつかしい品々。小さな古道具店を舞台に、年の離れた4人のもどかしい恋と幸福な日常をえがく傑作長編。

川上弘美著

此《こ》処《こ》彼《かし》処《こ》

太子堂、アリゾナ、マダガスカル。人生と偶然の縁を結んだいくつもの「わたしの場所」をのびやかな筆のなかに綴る傑作エッセイ。

ざらざら

新潮文庫　か－35－10

平成二十三年三月一日発行

著者　川《かわ》上《かみ》弘《ひろ》美《み》

発行者　佐藤隆信

発行所　株式会社新潮社

郵便番号　一六二―八七一一
東京都新宿区矢来町七一
電話　編集部(〇三)三二六六―五四四〇
　　　読者係(〇三)三二六六―五一一一
http://www.shinchosha.co.jp

価格はカバーに表示してあります。

乱丁・落丁本は、ご面倒ですが小社読者係宛ご送付ください。送料小社負担にてお取替えいたします。

印刷・株式会社精興社　製本・株式会社大進堂

ISBN978-4-10-129240-3 C0193